BOLAN XIANDAI SHIGEXUAN

波兰现代诗歌选

张振辉 编译

中国社会科学出版社

图书在版编目(CIP)数据

波兰现代诗歌选/张振辉编译.—北京：中国社会科学出版社，2015.6
　ISBN 978-7-5161-5700-8

　Ⅰ.①波…　Ⅱ.①张…　Ⅲ.①诗集—波兰—现代　Ⅳ.①I513.25

中国版本图书馆 CIP 数据核字(2015)第 048317 号

出 版 人	赵剑英
选题策划	郭沂纹
责任编辑	宋燕鹏
责任校对	董晓月
责任印制	李寡寡

出　　版	中国社会科学出版社
社　　址	北京鼓楼西大街甲 158 号
邮　　编	100720
网　　址	http://www.csspw.cn
发 行 部	010-84083685
门 市 部	010-84029450
经　　销	新华书店及其他书店

印　　刷	北京君升印刷有限公司
装　　订	廊坊市广阳区广增装订厂
版　　次	2015 年 6 月第 1 版
印　　次	2015 年 6 月第 1 次印刷

开　　本	690×960　1/16
印　　张	24.75
插　　页	2
字　　数	321 千字
定　　价	75.00 元

凡购买中国社会科学出版社图书，如有质量问题请与本社联系调换
电话：010-84083683
版权所有　侵权必究

目　　录

译者前言 ……………………………………………………（1）

扬·卡斯普罗维奇 ……………………………………………（1）
　　心中的爱 …………………………………………………（1）
　　我嘴里很少说出来的东西 ………………………………（2）

卡齐米日·普热尔瓦—泰特马耶尔 …………………………（7）
　　从希维尼查到维尔霍齐哈的风景 ………………………（7）
　　塞克斯丁的教堂 …………………………………………（9）
　　如果你是 …………………………………………………（9）
　　泰奥菲尔·莱纳尔托维奇的葬礼 ………………………（10）

波列斯瓦夫·列希米扬 ……………………………………（12）
　　致大姐 ……………………………………………………（12）
　　忆童年 ……………………………………………………（15）

莱奥波尔德·斯塔夫 ………………………………………（17）
　　秋雨 ………………………………………………………（17）
　　初次散步 …………………………………………………（20）
　　桥 …………………………………………………………（21）

1

玛丽娅·帕芙里科夫斯卡—雅斯诺热夫斯卡 …………… (23)
 中国一系列 …………………………………………… (23)
 姑妈 ……………………………………………………… (25)

卡齐米拉·伊瓦科维丘夫娜 ………………………………… (26)
 死去的,熟识的,亲爱的 ……………………………… (26)
 神圣的法律 …………………………………………… (27)

尤利扬·杜维姆 ……………………………………………… (28)
 祈祷 ……………………………………………………… (28)
 贫困 ……………………………………………………… (30)

雅罗斯瓦夫·伊瓦什凯维奇 ………………………………… (32)
 八月之夜 ………………………………………………… (33)
 重访少时喜爱的地方 ………………………………… (34)
 * * * …………………………………………………… (35)
 * * * …………………………………………………… (36)
 * * * …………………………………………………… (37)
 * * * …………………………………………………… (38)

卡齐米日·维耶任斯基 ……………………………………… (39)
 我听,我看 ……………………………………………… (39)
 全都一样 ………………………………………………… (40)
 开始 ……………………………………………………… (41)

安东尼·斯沃尼姆斯基 ……………………………………… (43)
 警报 ……………………………………………………… (43)

河上 …………………………………………………… (46)
　　记事本 …………………………………………………… (47)

扬·莱洪 …………………………………………………… (48)
　　你问我，我的生活中什么事情最重要 ……………… (48)
　　十五岁在莫科托夫 …………………………………… (49)
　　和天使谈话 …………………………………………… (50)

尤泽夫·维特林 …………………………………………… (51)
　　祈祷 …………………………………………………… (51)

弗瓦迪斯瓦夫·布罗涅夫斯基 ………………………… (53)
　　诗 ……………………………………………………… (54)
　　致全副武装的同志们 ………………………………… (56)
　　我的葬礼 ……………………………………………… (57)
　　枪上插刺刀 …………………………………………… (58)
　　狱中的信 ……………………………………………… (60)
　　在圣十字街上处决 …………………………………… (61)
　　帖木儿的坟墓 ………………………………………… (62)
　　我在那里有什么牵挂 ………………………………… (64)
　　窗帘 …………………………………………………… (65)

斯坦尼斯瓦夫·巴林斯基 ……………………………… (67)
　　地下的波兰 …………………………………………… (67)

扬·布热赫瓦 …………………………………………… (69)
　　祖国的土地 …………………………………………… (69)

波兰现代诗歌选

布鲁诺·雅显斯基 ………………………………（72）
  纽扣孔里的皮鞋 ……………………………（72）

尤利扬·普日博希 ………………………………（74）
  保持心里平衡 ………………………………（74）
  44年的春天 …………………………………（76）

卡齐米日·帕什科夫斯基 ………………………（77）
  奥斯维辛 ……………………………………（77）

尤泽夫·切霍维奇 ………………………………（80）
  黄金街的音乐 ………………………………（80）

梅切斯瓦夫·雅斯特隆 …………………………（82）
  大火和灰烬 …………………………………（82）
  ＊ ＊ ＊ ………………………………………（84）

康斯坦丁·伊尔德丰斯·高乌钦斯基 …………（85）
  请把我送到幸福岛上 ………………………（85）
  旗之歌 ………………………………………（86）

亚当·瓦日克 ……………………………………（90）
  回答 …………………………………………（90）
  新闻报道 ……………………………………（91）
  大松树在哪里 ………………………………（92）

卡齐米日·鲁西内克 ……………………………（94）
  我的祖国最可爱 ……………………………（94）

目 录

扬·什恰维耶伊 …………………………………………（97）
  保卫华沙之歌 …………………………………………（97）

斯坦尼斯瓦夫·雷沙尔德·多布罗沃尔斯基 …………（102）
  也许 ……………………………………………………（102）
  特洛亚的城墙 …………………………………………（103）

卢齐扬·辛瓦尔德 ………………………………………（105）
  尤泽夫·纳捷亚中亚的来信（选其中两段）…………（105）

列昂·帕斯泰尔纳克 ……………………………………（108）
  华沙的马路 ……………………………………………（108）

切斯瓦夫·米沃什 ………………………………………（111）
  歌 ………………………………………………………（111）
  彷徨 ……………………………………………………（115）
  牧歌 ……………………………………………………（116）
  华沙 ……………………………………………………（118）
  你侮辱了 ………………………………………………（120）
  歌谣 ……………………………………………………（121）
  农民国王 ………………………………………………（123）
  这座城市灯光辉煌 ……………………………………（124）
  求救 ……………………………………………………（125）
  我忠实的母语 …………………………………………（126）
  爱情 ……………………………………………………（127）
  礼物 ……………………………………………………（128）
  意思 ……………………………………………………（128）

波兰现代诗歌选

　　从窗子里望去 ……………………………………（129）

　　钟点 ………………………………………………（130）

　　飞廉,荨麻 …………………………………………（130）

　　相遇 ………………………………………………（131）

　　云 …………………………………………………（131）

　　草地 ………………………………………………（132）

　　这一个 ……………………………………………（132）

　　她们 ………………………………………………（133）

埃乌格纽什·日托米尔斯基 …………………………（134）

　　肖邦 ………………………………………………（134）

艾米尔·捷齐茨 ………………………………………（140）

　　游击队员之歌 ……………………………………（140）

耶日·别特尔凯维奇 …………………………………（142）

　　播种 ………………………………………………（142）

安娜·卡明斯卡 ………………………………………（145）

　　比较 ………………………………………………（145）

　　井 …………………………………………………（147）

克日什托夫·卡米尔·巴钦斯基 ……………………（148）

　　玛佐夫舍 …………………………………………（148）

塔杜施·博罗夫斯基 …………………………………（152）

　　＊　＊　＊ ………………………………………（152）

　　号召 ………………………………………………（154）

目　　录

　　* * * …………………………………………………（155）

塔杜施·鲁热维奇 …………………………………（157）
　　得救 ………………………………………………（158）
　　多么好 ……………………………………………（159）
　　父亲 ………………………………………………（159）
　　小兔子 ……………………………………………（160）
　　黑色 ………………………………………………（161）
　　一个字母 …………………………………………（162）
　　生平 ………………………………………………（164）
　　寻找 ………………………………………………（165）
　　雾中的女人 ………………………………………（167）
　　惊慌 ………………………………………………（168）

尤利娅·哈尔特维格 ………………………………（170）
　　逝去 ………………………………………………（170）

米隆·比亚沃谢夫斯基 ……………………………（172）
　　带圣母像的旋转马车 ……………………………（172）
　　快乐的自画像 ……………………………………（175）
　　灰衣大主教的喜悦 ………………………………（176）

维斯瓦娃·希姆博尔斯卡 …………………………（177）
　　爱祖国的话 ………………………………………（177）
　　三个最奇怪的词 …………………………………（180）
　　天空 ………………………………………………（180）
　　我记得的一张照片 ………………………………（182）
　　我在人来车往的大街上所想到的 ………………（183）

电话筒 ……………………………………………（185）
摇晃 ……………………………………………（186）
柏拉图，也就是为什么？ …………………………（188）
一位老教授 ……………………………………（190）
疏忽大意 ………………………………………（192）

兹比格涅夫·赫贝特 ………………………………（195）

歇息 ……………………………………………（195）
王宫对面的一座山 ………………………………（196）
为什么是古典作家 ………………………………（197）
题词 ……………………………………………（199）
科吉托先生见到一个死去的朋友 …………………（200）
科吉托先生论斯宾诺莎的诱惑 ……………………（202）
扣子 ……………………………………………（205）
致切斯瓦夫·米沃什 ………………………………（206）
铁路上的景致 ……………………………………（207）

塔杜施·诺瓦克 ……………………………………（208）

公牛 ……………………………………………（208）
八月的祈祷 ……………………………………（209）

波赫丹·德罗兹多夫斯基 ……………………………（211）

在塔特雷山中 …………………………………（211）

克雷斯迪娜·密沃本茨卡 ……………………………（213）

我是要死的 ……………………………………（213）

耶日·哈拉塞姆维奇 ………………………………（214）

祖母 …………………………………………………（214）
　　沃伊切赫·科萨克,奥尔辛卡之战 ………………（216）

斯坦尼斯瓦夫·格罗霍维亚克 ……………………（219）
　　四行诗 ………………………………………………（219）
　　哈尔什卡 ……………………………………………（221）

哈琳娜·波希维亚托夫斯卡 ………………………（223）
　　＊　＊　＊ …………………………………………（223）
　　＊　＊　＊ …………………………………………（224）
　　＊　＊　＊ …………………………………………（225）
　　＊　＊　＊ …………………………………………（225）
　　＊　＊　＊ …………………………………………（226）
　　＊　＊　＊ …………………………………………（227）
　　＊　＊　＊ …………………………………………（228）
　　＊　＊　＊ …………………………………………（229）

爱尔内斯特·布雷尔 ………………………………（230）
　　树的歌谣 ……………………………………………（230）
　　为什么这么困倦 ……………………………………（232）

爱德华·斯塔胡拉 …………………………………（233）
　　献给一个上早班的工人的歌 ………………………（233）
　　周围有雾 ……………………………………………（235）

马列克·瓦夫什凯维奇 ……………………………（237）
　　我的神话 ……………………………………………（237）
　　有和没有 ……………………………………………（239）

一次对我很值得的旅游 …………………… (240)
相片上 …………………………………… (241)

彼得·梭梅尔 …………………………… (242)
牧歌 ……………………………………… (242)

雷沙尔德·克雷尼茨基 ………………… (244)
纪念塔杜施·佩伊佩尔 ………………… (244)

亚当·扎加耶夫斯基 …………………… (245)
宁静 ……………………………………… (245)
一首中国诗 ……………………………… (246)
懂得道理的人是什么样子 ……………… (246)
悲哀,劳累 ……………………………… (247)
火,火 …………………………………… (248)
力量 ……………………………………… (249)
果实 ……………………………………… (250)
在外国的城里 …………………………… (251)
作品选 …………………………………… (251)
寻找 ……………………………………… (252)
她在暗处写字 …………………………… (253)
自画像 …………………………………… (254)

爱娃·李普斯卡 ………………………… (257)
学习 ……………………………………… (257)
对鸟说话 ………………………………… (258)
我家的桌子 ……………………………… (258)

目　录

拉法尔·沃雅切克 …………………………………（261）
　　祖国 …………………………………………………（261）

博赫丹·扎杜拉 ……………………………………（263）
　　第一眼 ………………………………………………（263）

斯坦尼斯瓦夫·巴兰恰克 …………………………（264）
　　记录 …………………………………………………（264）
　　演奏了什么 …………………………………………（265）

兹齐斯瓦夫·雅斯库瓦 ……………………………（267）
　　更远 …………………………………………………（267）

列谢克·翁盖尔金 …………………………………（268）
　　你留下了指纹 ………………………………………（268）

耶日·雅尔涅维奇 …………………………………（269）
　　有话说 ………………………………………………（269）
　　纳森护照 ……………………………………………（269）
　　看见了什么？ ………………………………………（270）
　　十二月(尾声) ………………………………………（271）
　　柔软的下腹 …………………………………………（272）
　　一个艰难的白天之后的夜晚 ………………………（273）
　　她从浴室沿着窗子爬了进来 ………………………（274）
　　世代相传 ……………………………………………（275）
　　目录 …………………………………………………（275）
　　蜥蜴 …………………………………………………（276）
　　1986 年 ………………………………………………（277）

安杰伊·梭斯诺夫斯基 ················· (279)
 无题 ··························· (279)

格热戈日·弗鲁布列夫斯基 ············· (281)
 住所和花园 ····················· (281)

马尔青·巴兰 ······················· (283)
 雅力信,沙宣,宝路,其他牌子 ······· (283)

马让娜·博古米娃·凯拉尔 ············· (284)
 耶稣受难像 ····················· (284)

沃伊切赫·博诺维奇 ················· (285)
 奖赏 ··························· (285)

马尔青·森德茨基 ··················· (286)
 外套 ··························· (286)

托马斯·鲁日茨基 ··················· (287)
 窗 ····························· (287)

雅采克·古托罗夫 ··················· (288)
 题目是 ························· (288)

爱德华·帕塞维奇 ··················· (289)
 第一支歌 ······················· (289)

目　　录

阿利齐娅·马赞—马祖尔凯维奇 …………………（291）
　　拉图尔的《新生儿》 ……………………………（291）
　　已渐消失的壁画（选其中三首） ………………（293）
　　希望的三摺画 ……………………………………（295）
　　关于珍珠的梦想 …………………………………（297）
　　圣诞节前对雪的思考 ……………………………（298）
　　色调 ………………………………………………（298）
　　早春的一课 ………………………………………（298）
　　麻雀 ………………………………………………（299）
　　土地之歌 …………………………………………（299）
　　序幕，上帝的悲哀 ………………………………（300）
　　痛苦的圣母——小摇篮上的图画 ………………（300）
　　就这么样 …………………………………………（301）

尤莉娅·费耶多尔楚克 ……………………………（303）
　　假日中的树叶 ……………………………………（303）

克日什托夫·希夫奇克 ……………………………（304）
　　手指画 ……………………………………………（304）

阿格涅什卡·沃尔内—哈姆卡罗 …………………（305）
　　秘密邮递 …………………………………………（305）

亚当·兹德罗多夫斯基 ……………………………（306）
　　一支歌 ……………………………………………（306）
　　我要写 ……………………………………………（307）
　　牛奶店里的旅行者 ………………………………（309）
　　小盒 ………………………………………………（310）

晚上的喧闹 …………………………………（310）
为了卡明斯和威廉斯的一片枯叶 ………（311）
在地下通道里想出来的诗 ………………（312）
海马 …………………………………………（312）
来自远方 ……………………………………（313）
近处 …………………………………………（313）

波赫丹·比亚塞茨基 ……………………（314）
寂静 …………………………………………（314）
记忆 …………………………………………（315）
几乎可以肯定,这是一首哀诗 …………（317）
嘀嗒 …………………………………………（320）

雅采克·德内尔 …………………………（323）
一张1984年8.5×13厘米的照片 ………（323）
华沙 …………………………………………（324）
幸福 …………………………………………（325）
一瞬间的剃蓄 ……………………………（327）
冰雪消融 …………………………………（328）
接待 …………………………………………（329）
虎头蛇尾 …………………………………（330）
国际诗歌节节目散记 ……………………（331）
恩将仇报 …………………………………（334）
潮流 …………………………………………（335）

格热戈日·布鲁舍夫斯基 ………………（336）
"爵士" ………………………………………（336）
奥尔兰多 …………………………………（338）
米隆的梦 …………………………………（340）

目　　录

　　宣言 …………………………………………………（342）
　　五 ……………………………………………………（343）

沃伊泰克·齐洪 …………………………………………（345）
　　生命在继续 …………………………………………（345）
　　你知道怎么样 ………………………………………（348）
　　我的概念 ……………………………………………（350）
　　x99 …………………………………………………（352）

韦罗尼卡·列万多芙斯卡 ………………………………（355）
　　夜 ……………………………………………………（355）
　　赞歌 …………………………………………………（359）
　　假象 …………………………………………………（366）
　　静寂 …………………………………………………（366）

尤莉娅·希霍维亚克 ……………………………………（368）
　　我几乎听得见 ………………………………………（368）

译者前言

2011年上半年，我应波兰文化和民族遗产部所属的克拉科夫图书研究所的约请，负责翻译了波兰将在我国首都北京和其他一些欧洲和亚洲的大城市举办的、命名为"地铁诗歌——来自波兰的诗展"的全部作品，这类诗歌的展出在波兰已经是第四届了，但它们在我国展出还是第一次。我这次收到波兰方面在邮件中发来参展的总共三十四位诗人的作品，都是举办者从波兰现代诗歌创作的老、中、青三代诗人的作品中精选出来的，其中除了老一辈已故的著名诗人如1980年诺贝尔文学奖获得者切斯瓦夫·米沃什、1996年诺贝尔文学奖获得者维斯瓦娃·希姆博尔斯和兹比格涅夫·赫贝特以及今仍健在的塔杜施·鲁热维奇和亚当·扎加耶夫斯基等人的诗歌外，更多的是中青年诗人的作品，正如这届诗展的举办者所说的那样："在这次普及诗歌的运动中，城市范围内的诗人有好几代都参加了。波兰的青年诗人能够这么广泛地展示他们的作品，还是第一次。""地铁诗歌"，顾名思义，是反映世界在高科技统治时代的现代生活的诗歌，因此也可以说，这就是一部波兰现代诗歌的精选。为了这类作品在北京的展出，波兰驻华大使馆曾先后于1991年10月24日和11月3日在大使馆和北京市三里屯书虫俱乐部举行过两次诗歌朗诵会，会上除了为此特意来京的波兰诗人朗诵了他们的作品和我的中译之外，也有几位中国诗人朗诵了他们的新作；与此同时，波兰使

波兰现代诗歌选

馆还制作了大量印有这类诗歌的明信片和这些诗的中波两种文字的对照的小册子，分发给了与会的听众。在这期间，波兰使馆还在北京西单、西直门、东直门和国贸这四个最大的地铁车站上，做了十几个地铁诗歌的广告，以扩大它们在我国读者中的影响，在一些别的场所也举行过中波两国诗歌创作的研讨和交流的活动，这些当时都收到了很好的效果。随后，我在广泛征得了这些诗的作者的同意后，曾经编过一个同样名为《地铁诗歌——来自波兰的诗展》的集子，后来为了反映波兰现代诗歌创作的全貌，我在这个集子的基础上又加以扩大，其中除了原已收进的"地铁诗歌"的所有作品之外，我又选定和翻译了从二十世纪初直到当今一些重要流派的代表诗人如扬·卡斯普罗维奇、卡齐米日·普热尔瓦—泰特马耶尔、波列斯瓦夫·列希米扬、莱奥波尔德·斯塔夫、玛丽娅·帕芙里科夫斯卡—雅斯诺热夫斯卡、卡齐米拉·伊瓦科维丘夫娜、尤利扬·杜维姆、雅罗斯瓦夫·伊瓦什凯维奇、卡齐米日·维耶任斯基、安东尼·斯沃尼姆斯基、扬·莱洪、尤泽夫·维特林、弗瓦迪斯瓦夫·布罗涅夫斯基、斯坦尼斯瓦夫·巴林斯基、扬·布热赫瓦、布鲁诺·雅显斯基、尤利扬·普日博希、卡齐米什·帕什科夫斯基、尤泽夫·切霍维奇、梅切斯瓦夫·雅斯特隆、康斯坦丁·伊尔德封斯·高乌钦斯基、亚当·瓦日克、卡齐米日·鲁西内克、扬·什恰维耶伊、斯坦尼斯瓦夫·雷沙尔德·多布罗沃尔斯基、卢齐扬·辛瓦尔德、列昂·帕斯泰尔纳克、埃乌格纽什·齐托米尔斯基、艾米尔·捷齐茨、耶日·别特尔凯维奇、安娜·卡明斯卡、克日什托夫·卡米尔·巴钦斯基、塔杜施·博罗夫斯基、米隆·比亚沃谢夫斯基、塔杜施·诺瓦克、波赫丹·德罗兹多夫斯基、耶日·哈拉塞姆维奇、斯坦尼斯瓦夫·格罗霍维亚克、哈琳娜·波希维亚托夫斯卡、爱德华·斯塔胡拉、马列克·瓦夫什凯维奇、拉法尔·沃雅切克、斯坦尼斯瓦夫·巴兰恰克和阿利齐娅·马赞—马祖尔凯维奇的一

译者前言

些具有代表性的作品，也收进了这个集子，把它干脆取名为《波兰现代诗歌选》。这些诗人代表波兰20世纪和21世纪初波兰诗歌的不同流派，在波兰现代文学史上有较大的影响，他们虽然具有不同的艺术风格，但是都有一个共同的倾向，就是爱国主义和民主主义，其中有的诗歌表现了对波兰祖国和家乡的热爱或游子在外对故土的思念；有的深情描写祖国的秀丽山川；有的客观和真实地反映了波兰被纳粹法西斯占领期间和战前的社会状况；有的反映了作者在波兰和世界各地为了祖国的独立和世界被压迫民族的自由和解放，和侵略者进行艰苦卓绝的斗争，为了人民的幸福，甘愿牺牲自己的一切；有的描写作者生活中各种痛苦的经历或对童年美好的回忆；有的表现了对世间真善美的一切的追求和向往；有的对丑恶进行讽刺和揭露；有的反映了作者的审美观和对某种艺术形式的尝试，内容十分丰富，具有较高的思想和艺术水平。

在波兰方面选定的"地铁诗歌"的作者中，像切斯瓦夫·米沃什等老一辈的诗人在波兰国内外，早已享有盛名，他们的作品题材丰富，是战后波兰诗坛各种流派的主要代表，无论在思想还是艺术上，都达到了很高的水平，堪称波兰现代文学的经典。青年诗人的作品反映现实生活面之广泛，表现形式之多样，更是前所未有，其中有的抒发个人美好的情愫；有的夹叙夹议，富于哲理；有的回忆过去；有的则是极力追求新颖独特的格律和形式，真可谓群贤毕至，盛况空前。例如他们中有的爱看美国NBA的篮球赛，把他和朋友在赛场上的见闻和感受生动地反映在他的作品中。此外他对西方爵士音乐也有明确的看法：

　　在人们的想像中，未来音乐的发展好像改变了方向，
　　　"爵士"是一种生活方式，你以家庭——老婆——孩子的概念对它是无法理解的。

波兰现代诗歌选

可诗人又讥讽地说,在这种生活方式中,

当一次又一次的碰杯,一根又一根的线条
都在消磨你的天才的时候,
你反而以为,你变得越来越伟大了。

有的诗人把当今物理学中原子结构的变化和其中电子的活动比作机器人打球,形象地展示了原子核活动的秘密。有的诗人想到信息时代的知识爆炸,说／一部词典虽然无所不包,但却有好几百个新的单词没有收进去。／有的还揭露了现代社会中的吸毒、核辐射和各种不治之症的严重危害,如耶日·雅尔涅维奇在《1986年》这首诗中写道:

在这个不体面的传记中有很多不体面的东西:
我比母亲活得长些,我曾来到雷特金唯一的
一家药店给她买吗啡,在这里买吗啡是合法的。
哥白尼医院的医生们写明了它的剂量,要使她"不依赖它"。
后来她还活了两个月,就再也不依赖它了。

诗中还提到了切尔诺贝利在这一年发生的核泄漏的事故,诗人当时曾好心地给孩子们发送了卢戈尔这种能防治核辐射的药。在另一首中,他又心酸地指出了／你在吻她那布满了肝病创伤的手掌时,你得让她抓住你被风湿病腐蚀的骨头。／这是多么可怕的景象。

诗人沃伊泰克·齐洪在《生命在继续》中,接触到了这次诗展的主题:

译者前言

> 他最认可的是
> 只有一条地铁通过城里。
> 地铁里的电车一列又一列地驶过许多成年的大门,
> 门上总是张贴着许多广告,缀饰着许多鲜花;
> 还有诉说了缘由的各种申明:要怎么去进行战斗?
> 跟随专制主义的足迹,怎样才能得到人们的赞许和尊敬?

这大概是诗人在华沙地铁里经常看到的场景,但他又说:

> 我在一个陌生的城市里,
> 我在这里只是一个过路的人。
> 和我亲近的人谁都找不到我,
> 我去任何一家医院都不知道怎么走。
> 如果我要自杀,
> 对那形成我的信仰的基础的各种现象作最后的区分,
> 那么我遇到的将是在世纪阴暗的寂静中
> 响起钟声时产生的无可挽回的悲剧。

面对光怪陆离的现代生活,诗人似乎感到迷茫,他在《你知道怎么样》一首中,还提到了/在我这个地区到处都有少年犯罪,/又说:

> 我早就在这么折磨自己了,
> 我也不愿待在这个只有几个人的悲哀的俱乐部里,
> 我只是身在而心已经不在那里了。
> 俱乐部里其他的人都劝我不要再听那些电影内容的

波兰现代诗歌选

　　介绍，
　　　　那些商界的丑闻，那些股市行情，
　　　　还有那些亚洲也就是这个地球较差的那一半的事。
　　　　我们要有一个组织，在晚上当酒鬼们
　　　　把酒一瓶瓶地喝得精疲力尽的时候出现，
　　　　来对他们进行制裁……

　　这种迷茫、无奈，因对现实的不满而产生的忧郁在许多诗人的作品中都可见到，它们的表现也多种多样：有的是因为想要追求自己所爱的人可又得不到对方的爱而产生的悲哀，有的因为自己这一代人没有成就，不得不靠先辈的文化遗产作为"我们"的精神食粮而感到遗憾：／他说，你相不相信，我们都是一些爱吃死尸的人？／那就只有享用死人留下来的东西了，这是多么无奈。
　　但除此以外，在这些青年诗人中，我们也可看到他们对生活、对大自然和对人性的赞美。诗人雅采克·德内尔2005年3月22日在从格但斯克到华沙的火车上曾经看到这样的景象：

　　　　无人问津的河面上筑起堤坝，架起了大桥。
　　　　为了防止水土流失，不管是南方和北方，
　　　　都划分了水域，铺设了排水管道。
　　　　一条条道路把城市连在一起，城市的人口也陡增无比。

　　诗人不仅赞美现代化的水利工程和城市建设，而且也很热爱大自然的单纯，在他的一首田园诗中，甚至表现了他对近乎原始的农业生产极大兴趣：

　　　　又是一个秋天，旅行的季节，
　　　　窗子外，牧场上，田埂旁，

>水草丰茂，林子里有许多倒下的树，
>他在农田里奔忙。
>………
>那制帽下面显露的干瘦的面孔
>就像成熟得很晚的草莓。他知道：
>世界是一座坚固的磨坊，不能把什么都弄得那么散乱。
>手里拿着铁锹和耙子，只能刨平它的表面，
>而无法深挖，但要深挖到地里。

当他知道一株樱桃树的树枝被砍下来后，他就为它鸣不平，说／这是对这株树恩将仇报，它结了那么多的果实，它让人踩踏，任凭小伙子采摘。／在《幸福》一首中，诗人还揭示了一个女人对她丈夫坚贞的爱：

>这么多年，这么多书信，这么多的亲热，
>她熟悉他的衬衫，皮鞋的号码和帽子的大小。
>她从来不窥探别的男人，
>也不用别人的用语和那些亲热的名字。

就是她丈夫患了心脏病或肾癌躺在床上，她也认为／他躺在床上一点也不比别的男人差／。波赫丹·比亚瑟茨基在《记忆》一首中，也生动地写出了他曾遇到的一个生性质朴和善良的女人，她很坦诚地对诗人说：

>你知道，我生孩子违背了母亲
>和家庭其他成员的意愿。因为我没奶喂，
>儿子骨头里缺钙，将来走不了路。
>我找过城里的医生，

波兰现代诗歌选

> 但是公共汽车票价太贵，医生们都很少出诊，
> 我的丈夫又没有工作，
> 家里人没有要我生孩子。

诗人听了后非常感动，说：

> 她不要钱，只想和我谈话。
> 我的行囊里有一台美伦达照像机，
> 这个老式的像机比可以喝一年的牛奶都有用。
> 我给她照了像，她很激动，非常感谢我。
> 我想，我这辈子都不会忘记。

女诗人阿利齐娅·马赞—马祖尔凯维奇在《土地之歌》中，满怀缴情地写道：

> 天主啊！给夏天祝福吧！
> 要给蜜蜂算算，
> 有多少产蜜的日子？有多少花粉？
> 数不清的谷粒把稻穗都压弯了，
> 椴树的枝头绽开了香气扑鼻的鲜花，
> 它是缓解疾病痛苦的良药。
> 还要加固榛树的树杆，
> 以防雷电的袭击。
>
> 给秋天祝福吧！这是丰收的季节。
> 当果实夜晚在枝头下垂的时候，
> 你可不能让它坠落，因为它还没有成熟。
> 对你未曾见过的一切都要给予赏赐，

不管是人们，还是貛、蜗牛和蝾螈，
因为他（它）们都是你的儿子，
他（它）们无家可归。

首先是要给寒冷的冬天祝福，
每当拂晓来向你叩门的时候，
就有千万只小鸟拍着翅膀
叽叽喳喳地叫了起来，
这是一片鸟的天空。

还要
向春天祝福，
春天是万物复苏的季节。

她看见了冬天的白雪，便产生了美好的联想：

啊，雪，孩子们最爱它，
它能遮住所有的龌龊，它会掩饰大地的苍老。
让大地重显它的孩童的容貌，
向群星重放绚丽的光彩。
啊！是的，大地，大地换新颜，
它从不伪装，它是和平公爵的家园。

女诗人由衷地赞美给人类带来了幸福和美好生活的土地，叫人们关爱土地和在土地上生长出来的一切，但她更爱珍珠明亮的色彩，因为它

在天堂居民的眼中，

波兰现代诗歌选

> 永远不会变得苍白。
> 但我以为，朋友！
> 珍珠还有更多的含义
> 它不同于那个世界按价格计算的一切，
> 它的价值对某些人说，是个不解之谜，
> 珍珠的光彩，大海、微笑和心灵的光彩，
> 有了珍珠的光彩，就听不到市井的喧嚣，
> 有了珍珠的光彩，人们的嘴边
> 再也没有苦痛留下的痕迹，
> 也不会显露出贪得无厌的欲念。

要使这个世界再也没有苦痛、没有虚伪和贪得无厌，像珍珠和土地那样纯真，为追求美好的理想，奉献自己的一切，它将永远放射绚丽的光彩，而不会变得苍老。这就是诗人们的梦想。像这样优美动人、充满了人性美和自然美的诗作还可以列举很多，这一届地铁里的波兰诗和像阿利齐娅·马赞—马祖尔凯维奇这样的青年诗人的作品是波兰现代诗的一个新的艺术宝库，为世界诗坛增添新的色彩，其清词丽句，俯拾即是，我在这里对它只是提出一些粗浅的看法，相信读者将有更多的真知灼见。连同我在上面选定的诗人们的作品，则更全面地反映了波兰20世纪诗歌创作的发展状况，为我们了解波兰现代诗歌提供了丰富的实物资料；为了便于对它们的研究，在这部诗集中，我按作者出生的先后，做了有序的排列，值得庆幸的是，这部诗集在中国社会科学出版社的大力支持下，今天终于和我国广大读者见面了。

张振辉

2013年10月2日

扬·卡斯普罗维奇

扬·卡斯普罗维奇（Jan Kasprowicz，1860—1926），波兰20世纪表现主义代表诗人。他出生于比得哥熙省伊诺夫罗茨瓦夫县希姆博日乡一个农民家庭。1884年在莱比锡大学学习期间，参加过大学里的社会主义革命组织，年底回国后，在弗罗茨瓦夫大学继续深造，又参加了大学生的社会革命组织的活动，1887年曾两次被捕入狱。他的作品表现了强烈的爱国主义思想和对农民的关心。有叙事诗《诗集》(1889)、诗集《野玫瑰荆棘》(1898)，《英雄的马和坍塌的房屋》(1906)和长诗《基督》(1890)、《爱情》(1895)和《赞歌》(1899)等。《赞歌》反映了诗人思想上的矛盾和由此产生的变幻不定的感情，在手法上采取夸张的描写，展现某种混乱和破坏性的场面，以显示这种感情的突发性，使读者强烈地感受到抒情主人公的存在，是波兰表现主义诗歌的代表作。

心中的爱

心中的爱
在树叶的沙沙响中。
如果树冠不停地晃动，

我的朋友！微风也会停息。

心中的爱，
在大浪的旋涡中。
如果遇到了暴风雨，我的朋友，
会把它吹到迷茫的远方。

心中的爱，
在初升的朝霞中。
阳光普照大地，我的朋友，
它是生命的卫士。

心中的爱，
在雾蒙蒙的夜中。
死亡降临之前，我的朋友，
是惊慌和恐惧。

1916 年

我嘴里很少说出来的东西

我嘴里很少说出来的东西，
今天我要说出来，
它就是我最爱说的一个字：祖国。
祖国啊！你浸透了同胞的鲜血。

我看见市场上，
有那么多的商客，

都在大声地叫卖，
比什么声音叫得更响。

我看见，谁的东西卖得最便宜，
他就会赢得人们的掌声，
就会获得一个皇后苹果的赏赐，
因此有人高喊，我活着就是为了这个苹果。

我看见一些人，
他们阴暗的心理，怠惰的性习，
即使听到了节日欢乐的演奏，
也唤不醒他们幽昧的良心。

大大小小的旗帜，
演讲和示威游行，
才真的显示了伟大和神圣，
可只有少数人懂得。

因此你们不要感到奇怪，
我说"祖国"是我嘴里
很少说出的一个字，
是有原因的。

我亲爱的弟兄和姐妹们，
那些参加葬礼的人走了，
但他们知道：我把这个伟大和神圣，
已埋藏在自己的心底里。

波兰现代诗歌选

  我亲爱的弟兄和姐妹们,
  你们是经过选拔的优胜者,
  你们知道,
  我们已经选定了我们要走的路。

  岸边长满了千叶蓍,
  牛蒡和蜂斗菜,
  我和你们一起,站在一株白杨旁,
  发出了一声声哀叹。

  我来到了寂寞的坟地里,
  要听听那里
  有没有什么声音,
  或者最神圣的诉求?

  金黄色的庄稼到了收割的季节,
  我看见那里有许多庄稼人。
  我把手按在脑门上,
  想起了他们手中的镰刀。

  然后我抬起头来,
  要到别处去,
  便对他们大声喊道:"心里头要快乐,
  有了快乐才不会忧愁!"

  土地啊!我是你的基石和光照,
  你是那么肥沃,那么丰产,
  你是祖国的土地,亲爱的祖国!

扬·卡斯普罗维奇

我永远属于你!

有个坏蛋烧毁了你长出来的庄稼,
那焚烧的火焰冲到了天上,
从此这个贫穷的庄稼人的生活,
便陷入了绝境。

一场瘟疫和饥荒的肆虐,
夺去了无数的生命。
坟地里再也容不下死者,
但那里又竖起了许多新的十字架。

空气中又响起了
沉重的脚步声,
那厚厚的云层突然卷成了一团,
难道有一只手在拨弄着它?

河里涨水了,
可这是血水,
它的紫罗兰色的浪涛,
淹没了周边的大树和房屋。

突然一阵轰隆声响,
使人们未知的一片密林抖动起来,
林里的橡树发出了可怕的吼叫声:
有人在搞破坏!

这是有幸,也是不幸。

波兰现代诗歌选

　　人们在朝霞升起的时候,都唱起了祖国的歌,
　　这是上帝对她的赞美。

　　我的歌既是富人的歌,也是穷人的歌,
　　有人承认,也有人不承认,
　　但它是我的歌,虽然它不常在我的嘴边,
　　它是我最亲爱的祖国的歌。

1916 年

卡齐米日·普热尔瓦—泰特马耶尔

卡齐米日·普热尔瓦—泰特马耶尔（Kazimierz Przerwa-Tetmajer, 1865—1940），波兰20世纪初象征派代表诗人。出生于加里西亚波德哈莱山区卢沼米日乡一个爱国贵族的家庭，曾在克拉科夫雅盖沃大学攻读哲学，并在那里开始写诗。第一次世界大战期间，他拥护毕苏茨基领导的波兰军团争取民族独立的斗争，还组织过一个"保卫斯比什、奥拉维和波德哈莱委员会"。战后定居华沙，不久患心脏病，又双目失明，十几年未能从事创作。1939年纳粹法西斯入侵波兰后，他贫穷潦倒，在生活上得不到照顾，被赶出他居住的一家旅馆，病死在医院里。他的诗歌表现了象征主义和印象主义的特色，许多景物诗通过变幻不定的光照和色彩的描绘，表现出一种孤寂和哀怨的情调。但他的爱情又给读者带来了温馨的感觉。有诗集《诗歌》（1891）、《诗歌第二卷》（1894）、《诗歌第三卷》（1898）、《诗歌第四卷》（1900）、《诗歌第五卷》（1905）、《诗歌第六卷》（1910）、《诗歌第七卷》（1912）和《诗歌第八卷》（1924）。

从希维尼查到维尔霍齐哈的风景

那里是多么宁静……在山坡上，

波兰现代诗歌选

　　阳光透过一层层薄雾，
　　映照着在绿色睡梦中的群山。

　　溪水潺潺，从远处的石级上流过，
　　它在阳光的照射下闪闪发亮，
　　变成了一条银色的彩带。

　　一片深绿色的云杉林
　　庄严肃穆地沉睡在一团
　　静寂的金色云雾中。

　　在一片阳光照射下而显得明亮
　　和丰茂的草地上，时而显露着
　　一块白色的岩石。

　　岩层垒成的岩壁都裸露在外，
　　呈灰白色，十分陡峭，
　　笼罩在闪亮的云雾中。

　　火热的骄阳高挂在天上，
　　下面的谷地在延伸，
　　像矿石一样，永无声息。

　　我从山顶往下看，
　　那深渊向我张开了血盆大口，
　　我看着峡谷，看着远方。

　　突然有一种莫名的牵挂，

卡齐米日·普热尔瓦—泰特马耶尔

这牵挂无边无际，原来
它是一种难以言状的哀怨。

塞克斯丁的教堂

在它的墙上，有一头受伤的公牛在哞哞地哀叫，
墙上的耶稣像就像一道闪电，还有一个独眼巨人站在他身旁，
一个将要死去的人神情苦痛，在悲哀的呻吟，
是诅咒，是绝望，是狂怒和恐惧，
颜料涂在石墙上，画笔变成了肢体，
上面有个拳头好像要把什么都打得粉碎。
一双呆滞的眼皮下的瞳孔在注视着前方，
还有一座火山，在喷发焰火，这不是人为的喷发。

1898 年

如果你是

如果你是我的妻子，
在热恋中喜结良缘的妻子，
那么我的花园的大门将为你敞开，
那是一座阳光明媚彩霞满天的花园。

似锦的繁花为我们绽放，
鲜嫩的葡萄是那么甜蜜，
玫瑰花和白牡丹
会亲吻你的发丝。

波兰现代诗歌选

让我们穿行在金色的云雾中，
沉思默想，了无声息，
让我们走在花间的小道上，
这里静寂无声，只有我们自己。

树上的枝叶向我们频频点头
水仙花在银色的苗床上开放，
椴树上的白花
都落在我们相亲相爱的头上。

我让你头戴蓝色的花朵，
有忽忘侬花，有矢车菊花，
我让你穿上用幼蕨编织的衣裳，
让全世界都知道你的美丽。

沉思默想，了无声息，
我们走在彩霞满天的花园里，
我们穿行于迷漫的云雾中，
在那边，爱的大门正在向我们敞开。

1898 年

泰奥菲尔·莱纳尔托维奇[①]的葬礼

波兰啊！你又失去了

[①] 泰奥菲尔·莱纳尔托维奇（Teofil Lenartowicz，1822—1893），波兰诗人，他的作品大多取材于波兰民间文学，描写波兰农村的美景。

卡齐米日·普热尔瓦—泰特马耶尔

一个最优秀的儿子,
他在外国的门槛上,
也歌唱过我们的田园,
他把一颗爱心献给了波兰的农舍,
他最想知道的,是月桂是否已经开花。

他将在维斯瓦河的轻波上
做一个甜蜜的梦。
他的坟上虽然没有月桂的花环,
但有他最爱的白杨树的枝叶,
野地里的铃兰花、波兰农民的麻布衣
和田里的庄稼。

他的双腿是那么劳顿,
在一个寂静的夜里,
就让他在我们的大树下好好地歇息!
要给他唱一首思念的歌,
用笛子给他吹奏悠扬的乐曲。

你看!他正在聚精会神地听我们的乐曲,
这是他最喜爱的乐曲。
他见到了他最向往的田野,
品尝了波兰牧场的芬芳,
他新生了,因为他的灵魂
得到了人民的滋养。

波列斯瓦夫·列希米扬

波列斯瓦夫·列希米扬（Bolesław Leśmian，1877—1937），诗人，出生于一个波兰化的犹太知识分子家庭，童年和青少年时代是在乌克兰度过的，20世纪初来到华沙，1911年他和朋友一同创建了华沙艺术剧院，第一次世界大战期间迁居罗兹，曾任罗兹波兰剧院文学部主任，1935年又回到华沙。有诗集《人来人往的花园》（1912）、《牧场》（1920）、《清凉饮料》（1936）和《林中捷伊巴》（1938）等。

致大姐

你在棺材里的睡梦是那么隐秘，像神仙一样。
　　我不知道，你是不是摆脱了所有的牵挂？
死后就只留下了这么一个腊制的洋娃娃，
　　我爱这个柔软的、已被损坏的洋娃娃。

人死后会感到孤独，可是我，你的兄弟，
　　却陷进了黑暗的深渊。
我把你的裙子做得很大，但它并不昂贵，
　　它就是你的那个世界。

死都是罪恶造成的,但是梦却掩盖了罪恶,
　　　虽然没有罪犯……
但对一个人的死,所有的人都是有罪的,
　　　是的,所有的人都有罪。

我会指出这些犯罪的人!谁也自我辩护不了,
　　　就是这个,这个和那个!
我也有罪,我的罪最大,虽然我知道,是他们犯了罪!
　　　我,还有他们。

所有的人都有罪,他们偷偷地犯罪,集体犯罪。
　　　我们说,这是命里注定。
愿上帝让活人和死人都远离罪恶!
　　　我们为此而祈祷!

我很担忧,因为你总是在挨饿,总是在生病,
　　　我还得到了一个不好的消息,
说你每个晚上总是从坟墓里出来,
　　　在细声地哀求:"给我吃的!"

我怎么回答呢?我不用回答。
　　　让上帝回答吧!
大姐啊!世上已经没有面包,
　　　谁能给你吃的?

你的棺材已被抬到一辆笨重的灵车上,
　　　我记得,那是多么令人伤痛,
可是这既荒唐,又可笑,

波兰现代诗歌选

   这是一种非人的暴力。

我怕把你当成一个活人埋在坟墓里，
   在那里昏睡，做噩梦。
正好这时有人走到灵车旁，说不是这样，
   我这才放心。

我在等着灵车的启动，要把你送进城里，
   灵车在烈日的暴晒下吱呜吱呜地行驶，
车上的棺材抖动起来，已经是十二点了，
   车下面的铁轮子加快了行驶的速度。

我突然感到在这么强烈的光照下要停留一下，
   我看了看灵车走过的印迹，
周围的世界好像变得和你的身躯一样的细小，
   原来这就是整个世界！

我的感受只有悲哀，但它是那么微弱，
   就像一丝蛛网一样，
我想，这个世界除了你，我没有第二个亲人，
   没有你我真的活不下去。

这个晚上，我是和死者一起度过的，
   这是一个寂寞的夜晚，除了痛泣，没有别的。
我的眼睛都哭瞎了，它就像张不开的嘴巴一样，
   死亡已进入了我的骨髓，却没有表现在脸上。

我知道，你是带着虔诚的信仰死去的，

波列斯瓦夫·列希米扬

　　在阴暗的冥府，你依然举起了十字架。
但我不敢去你那里寻找各各他①，
　　想知道你是怎么安睡的？

你终于苏醒了，身上没有血，也没有安乐的表情，
　　这难道是幻觉，难道没有一点虚假？
也许是上帝抹去你身上的尘土，露出了你的真身，
　　可他不知道，这是不是你？

上帝啊！你离弃了我们，不知你去了何方？
　　你不要走啊！
请你将我这个永远带着屈辱，泪流满面
　　和敬信于你的残身，抱在你的怀里吧！

1936 年

忆童年

我回想，但不是什么都想得起来：
草地……草地那边是我的世界……
我在呼唤着一个人，我爱一个人大声地呼唤。
百里香散发着扑鼻的芳香，日头沉落在草丛中。

还有什么？那些年我还能想起什么？
果园里有许多我熟识的枝叶和面孔，
还是那些落叶松的枝叶，一点也没有变！

---

① 耶稣被钉上了十字架的地方。

波兰现代诗歌选

　　我走在一条小道上，情不自禁地露出了笑脸。
　　我跑了起来，脑子里昏昏然，像在云雾中一样。
　　我气喘吁吁，只看见一些果树的树梢。

　　我走在一条大河的堤坝上，
　　听到我的脚步声，这脚步声是那么清新，美妙！
　　我回到家里，经过那片草地回到了家里。
　　我爬上楼梯，最爱听爬梯子的脚步声。
　　房间里曾经散发过暖春和酷夏的气息，
　　在一些角落里还留下了我儿时的身影，
　　我吻着窗玻璃，好像经过一次长途旅行，
　　我又来到了这里，这是我的力量，我的生命。

莱奥波尔德·斯塔夫

莱奥波尔德·斯塔夫（Leopold Staff，1878—1957），诗人，1902 和 1903 年间曾多次出国旅游，到过意大利和法国，1918 年迁居华沙，1934 至 1939 年任波兰文学科学院副院长，第二次世界大战期间参加过地下抵抗运动，战后一直在华沙。斯塔夫早期是一位象征派诗人，诗集《威力梦》(1901)、《灵魂的一天》(1903) 和《献给天堂的鸟》(1905) 是这方面的代表作，如《秋雨》这一首，充满了孤独和哀伤的情调。此外还有诗集《在剑的阴影中》(1911)、《天鹅和七弦琴》(1914)、《泪和血的彩虹》(1918)、《阡陌》(1919)、《针耳》(1927)、《大树》(1932)、《蜂蜜的颜色》(1936)、《死寂的天气》(1946)、《紫柳》(1954) 和《诗九首》(1958) 等。

秋雨

雨点敲打着窗玻璃，这是一场秋雨，
不大不小的河乌总是那个样子，
雨越下越大，砸破了我的窗子，
湿淋淋的窗玻璃啪的一声，好像要大哭起来。
可一道灰色的光又显示了它的睡意。
雨点敲响了窗玻璃，雨点敲响了窗玻璃。

波兰现代诗歌选

在幽暗的梦境中，
显现了处女们的幻影，是那么轻盈，
她们身着乌黑的丧服，
脸上挂着愁楚的倩影，
在白白地等待着太阳的现身，
又好像要去到那漫无边际的迷茫的远方，
寻找一块幽静的墓地，

这里还有一群流浪者，背负着无穷的哀怨
在秋雨中踏上了无尽的征途，缓缓前行，
他们的眼里满噙着泪水，这是身陷绝境的泪水。

雨点敲打着窗玻璃，这是一场秋雨，
不大不小的河乌总是那个样子，
雨越下越大，砸破了我的窗子，
湿淋淋的窗玻璃啪的一声，好像要大哭起来。
一道灰色的光又显示了它的睡意。
雨点敲响了窗玻璃，雨点敲响了窗玻璃。

有人让我也遇到了这个阴雨天，
是谁？我不知道。他走了，只留下我孤单一人。
他死了，他是谁？我怎么也想不起来。
他很亲热……是的，我好像参加过一次葬礼。
是的，他想要得到幸福，但是他害怕黑夜。
有人要向我求爱，可是当她知道我是一把
将要熄灭的火的时候，她的心也碎了。
这么一个穷人，人们本来要给他施舍，可他已经死了。

莱奥波尔德·斯塔夫

有个地方起了火,烧毁了一间农舍,
里面的孩子们也死了,你看那些人眼眶里的泪水……

雨点敲打着窗玻璃,这是一场秋雨,
不大不小的河乌总是那个样子,
雨越下越大,砸破了我的窗子,
湿淋淋的窗玻璃啪的一声,好像要大哭起来。
一道灰色的光又显示了它的睡意。
雨点敲响了窗玻璃,雨点敲响了窗玻璃。

我的花园里来了一个魔鬼,外貌是那么凶狠,
它低下头,把那令人生厌的额头倚在胸上,
花园里盛开的花朵,顿时化成了灰烬,
花园变成了可怕的荒原,
然后它在这里,扔下了许多碎石,
在这里播下了恐怖和死亡的种子……
这种子像铅一样的沉重,
种在这寸草不生的石头荒原上,
痛苦和绝望压在人们的心上,
一种无可名状的悲哀使他们有泪无言……

雨点敲打着窗玻璃,这是一场秋雨,
不大不小的河乌总是那个样子,
雨越下越大,砸破了我的窗子,
湿淋淋的窗玻璃啪地一声,好像要大哭起来。
一道灰色的光又显示了它的睡意。
雨点敲响了窗玻璃,雨点敲响了窗玻璃。

1903 年

波兰现代诗歌选

初次散步

致妻子

我们又要住在自己的家里，
踏上自己的阶梯。
我对谁都没有说过，
可是风已嗖嗖地吹进了我们的花园。

你不要去看那令人悲哀的废墟，
你不要哭泣，大家知道，眼泪是女人的东西。
你看，我们不是还活着，虽然死亡已临近？
从这些没有行人的大街到城郊去吧！

可别去那些没有人的电车站……
一个穷苦的女人站在一扇破旧的大门前，
正在叫卖一些白色的小面包圈，
我们又要住在自己的家里。

展览会上没有展品，商店都关门了，
生命也有两个极端，
一个身无分文的盲人捧着一盒梳子……
我们又要踏上自己的阶梯。

你冻得全身发抖，就裹上这条披肩吧！
它没有裤腿，也没有衣袖，它只是个大斗篷。
一些人年岁不大却已残疾，都坐在医院的大门前。

莱奥波尔德·斯塔夫

你看，这里有庄稼地，城区到这里终止。

周围都是倒下的栅栏，
有个孩子在人行道上玩着一堆碎石，
有个女人在院子里补着一件破衣，
还有一只公鸡在笼子里咯咯地叫着。

城墙下面有一只猫在懒洋洋地伸着后腿，
有人躲在一个角落里，和另一个人说话。
小吃店有了新的烧烤，
早晨也有人提着铁桶叮当叮当地送来了牛奶。

我们度过了艰难、失败和困苦的时日，
要把那些伤痛和损失全都忘掉，
我们又要住在自己的家里，
踏上自己的阶梯。

1946 年

桥

我不相信我来到了河岸边，
这条河是那么宽阔，
水流是那么湍急，
我非得从桥上才能走过去。
这座桥上缠着许多细软的芦苇，
芦苇外面还包着一层皮。
我走起来轻得像一只蝴蝶，

重得像一头大象。
我的步子稳健，像跳舞一样，
可又歪歪斜斜，像瞎子摸黑一样。
我不相信我能走过这座桥，
当我站在河那边的岸上时，
我仍不相信我走过了这座桥。

1954 年

玛丽娅·帕芙里科夫斯卡—雅斯诺热夫斯卡

玛丽娅·帕芙里柯夫斯卡—雅斯诺热夫斯卡（Maria Pawlikowska-Jasnorzewska, 1891—1945），波兰两次世界大战期间最有成就的女诗人，她生于克拉科夫，父亲沃伊切赫·科萨克是著名的画家，从小就培养了她对艺术的浓厚兴趣，她主要靠家庭教育和自学成才，曾多次出国旅游，到过法国、意大利、土耳其、南非和希腊，1939年9月离开波兰，先去巴黎，后定居英国。有诗集《仙桃》(1922)、《玫瑰的魔法》(1924)、《吻》(1926)、《跳舞》(1927)、《扇子》(1927)、《林中的寂静》(1928)、《巴黎》(1929)、《白夫人侧影》(1930)、《生丝》(1932)、《大门的芭蕾舞》(1935)、《结晶》(1937)、《诗稿》(1939)、《玫瑰和燃烧的森林》(1940)和《用来祭祀的鸽子》(1941)等。

中国一系列

我要去中国，
并不是要去看那些漂亮的寺庙，
明朝或清朝的那座宝塔，

或者靠林①的美景。
　　　实际上
只要我有一副白中带玫瑰红的面孔，
额头上没有鸡爪子，
谁都不能不让我有
各种各样的梦想。
　　　我现在，
要去中国人最爱去的地方，
要去中国的樱桃园，
因为去那里最容易，最方便。
我做了一个中国梦：
　　　好像
有一个爱说话的高官，
深黄色的皮肤，肩上披着一件绸布衫，
我并不认识他，
他却给我说出了许多中国的秘密。
　　　什么秘密？
漆和茶的秘密，
薄得像树叶一样的鸭舌帽的秘密，
宝塔和有角的龙的秘密
还有我心中的秘密。

1927 年

---

① 这是原文 Kao-lin 的音译，不知是指什么地方。

玛丽娅·帕芙里科夫斯卡—雅斯诺热夫斯卡

姑妈

我的几个姑妈都不漂亮，也不是算命的巫婆，
但她们都很坚强，出嫁后最爱穿一身绒布裳，
她们既没有金色的头发和纤细的鼻梁，
也没有长着奇形怪状的睫毛，预示着不祥之兆的眼睛。

她们和她们的丈夫并不常在一起，也不爱梳妆打扮，
而只是一心一意地养育儿女，种植花果。
她们最爱静悄悄地躺睡在一个月色满天的夜里，
满面尘土，浑身无力，疲惫不堪。

只有约娜姑妈心性柔弱，但她的身上总是散发着扑鼻的芳香，
就像一个算命的巫婆和巴黎玩具店里的洋娃娃。
她的发上最爱饰着一些鸟羽，披着带花的光亮的纱巾，
她每次揭开绣着星星的面纱，都要吻它一下。

可是在一个春天的白天，雷电交加，
突然一阵旋转风，把她悲哀地卷走了。

别的姑妈都号啕大哭起来，她们不知道，
什么叫爱，什么是鼠药。

1927 年

卡齐米拉·伊瓦科维丘夫娜

卡齐米拉·伊瓦科维丘夫娜（Kazimiera Iłłakowiczówna，1892—1983），女诗人，20世纪20年代和杜维姆等的卡曼德尔诗社有联系，1926—1935年当过波兰著名军事统帅尤泽夫·毕苏茨基的秘书。有诗集《伊卡洛斯的飞行》(1911)、《三根弦》(1917)、《凤凰之死》(1922)、《儿童的韵律》(1923)、《捕猎》(1926)、《一只鸟在哭》(1927)、《心底里》(1928)、《灰烬和珍珠》(1930)、《立陶宛词典》(1936)、《关于毕苏茨基元帅的诗》(1936)、《残忍的诗》(1942)、《轻浮的心》(1959)、《儿童诗》(1959)、《低声细语》(1966)、《宗教诗》(1967)和《树叶和雕像》(1968)等。

死去的，熟识的，亲爱的

这里有荚蒾果，
有乌荆子，还有蓝色的野果，
死去的，熟识的，亲爱的人
都来到了我的身边，
一阵旋转风使他们感到窒息，
"你在这里？什么天气啊！"
霜雪使他们的眉毛变白了，

眼睫毛都耷拉下来，

我抚摸着他们，知道他们都不在了。

这是我最熟识和亲爱的人：

雅希，在空难中被烧死了，

卡焦，在空难中也死了，

帕韦维克，在大海中淹死了，

塔齐若，被土匪杀害了……

多么年轻，就失去了青春，

死去的，熟识的，亲爱的。

神圣的法律

没有理由，

也无须凭证，

生和死都和自己的民族在一起。

这不是祖辈的遗产，

不是誓言和责任，

不是为了兑现

而付出了血的代价的一句话，

这是神圣的法律，法律的规定。

无须凭证，

生和死都和自己的民族在一起。

尤利扬·杜维姆

尤利扬·杜维姆（Julian Tuwim，1894—1953），波兰著名诗人，1913年在《华沙信使》报上发表处女作《请求》，1916至1918年和诗友莱洪等一同创办大学生杂志《为了艺术和科学》，1918年又建立了斗牛士文学咖啡馆。1919年，他和几位诗友成立了一个叫斯卡曼德尔的诗社，负责主编《斯卡曼德尔》月刊，并成为这个诗社的代表诗人，积极参加了当时华沙文艺界的社交活动。德国法西斯占领期间，杜维姆流亡国外，到过罗马尼亚、法国、葡萄牙、巴西和纽约。战后1946年回到波兰，1947至1950年曾任华沙新艺术剧院院长。有诗集《窥伺上帝》（1918）、《跳舞的苏格拉底》（1920）、《第七个秋天》（1922）、《第四卷诗》（1923）、《血语》（1926）、《黑林村纪事》（1929）、《吉卜赛的圣经》（1933）、《热情的内容》（1936）、《歌剧中的舞会》（1936）和长诗《波兰之花》（1949）等。

祈祷

上帝啊！我热诚地祈祷，
上帝啊，我衷心地祈祷，
为了贱民遭受的屈辱，

尤利扬·杜维姆

为了愿望得不到实现，
为了永远流浪在外的孤魂野鬼，
为了奄奄一息将要死去的人们，
为了对什么都不理解的悲哀，
为了那些永远求而不得的人们，
为了被侮辱和讥讽的人们，
为了那些笨蛋、歹徒和势利小人，
为了那些要在近处找一个大夫，
　　跑得气喘吁吁的人，
为了那些从城里回来，
　　带着急剧的心跳回到家里的人，
为了遭到暴力伤害的人，
为了在剧院里吹口哨的人，
为了那些令人厌烦、相貌丑陋和不机灵的人，
为了那些软弱无能，遭到鞭笞和折磨的人，
为了睡不着觉的人，
为了怕死的人，
为了在诊所里等着看病的人，
为了没有赶上火车的人，
为了世界上所有的居民，
为了他们遇到的麻烦和伤心事，
他们的牵挂、不愉快和忧虑，
他们的不安和痛苦，
他们的思念和不幸。
为了每一个最微小的颤抖，
因为它不能带来愉快的感受，
愿欢乐和幸福之光
永这把人间照亮！

波兰现代诗歌选

上帝啊！我衷心地祈祷！
上帝啊，我热忱地祈祷！

1920 年

贫 困

地窖里有人叫苦连天，
黑皮肤的人，瘦弱的人和他们的妻子，
他们瘦小的家犬也叫苦连天，
这些人出来就是一大群。

这就是，就是我们的贫困，
他们的孩子生下来，就像做了一场噩梦。
这是他们居住的阁楼，
地窖和洞窟。

那些气喘吁吁的病人的血
都流在了一个木桶里。
仓库里长满了绿色的霉菌，
除了脏臭的气味，还储存着酸白菜！

没有煮熟的土豆，
房里不停地咳嗽声，
冰冷的炉灶，硬板床，
这是对穷人的赞美。

饥寒交迫，折磨和死亡，

尤利扬·杜维姆

泡在水里的一根骨头
黑面包里有沙子,
恶心和打喷嚏。

这就是贫困,破烂的饭桌摆不稳,
窗子上只有一块抹布,衣着破旧不堪,
夜晚孩子们大喊大叫:
"爸爸,这是我亲爱的爸爸!"

1926 年

雅罗斯瓦夫·伊瓦什凯维奇

雅罗斯瓦夫·伊瓦什凯维奇（Jarosław Iwaszkiewicz，1894—1980），波兰著名诗人和作家。1915 年发表处女作《莉莉丝》，1918 年大学毕业后，参加了波兰第三军团，后随军团到华沙，在杜维姆主办的《为了艺术和科学》上发表诗作，1919 和 1920 年在《喷泉》双月刊编辑部工作，出版了第一部诗集《八行诗集》，随后参加斯卡曼德尔诗社，成为诗社五位主要成员之一。1927 至 1932 年在波兰外交部新闻艺术宣传部担任领导，曾多次去德国、法国、意大利、奥地利和西班牙进行考察。德国法西斯占领波兰期间，参加了秘密的文化宣传活动。他在 1945 至 1949 年和 1959 至 1980 年曾长期担任波兰作家协会主席、《文学生活》《文学新闻》周刊和《创作》月刊主编，是战后波兰文学界的主要领导人之一。此外他还是一位著名的社会活动家，1953 年当选为波兰保卫和平委员会主席，由于他在国际保卫和平运动中的突出贡献，于 1969 年被世界和平委员会授予约里奥—居里金质奖章，1970 年又获列宁和平奖。伊瓦什凯维奇早期写诗，除了诗集《八行诗集》外，还有诗集《酒神》（1922）、《白昼和黑夜集》（1929）、《回到欧洲》（1931）、《另一种生活》（1938）、《奥林匹克颂》《1946》、《秋天的辫子及其地诗歌》（1954）、《阴暗的小道》（1957）、《明天收割节》（1963）、《意大利歌手》（1974）、《气象图》（1977）、《黄昏的音乐》（1980）以及中篇小说《会计的儿子希拉内》（1923）、《月亮东升》（1925）、《红盾牌》（1934）、《布温托米什的耶稣受难记》（1938）、《腾飞》（1957）、《查露吉》（1974）；短篇小说集《桦树林》（1933）、《老砖窑和柳登河上的磨坊》（1946）、《新爱情和其他小说》（1946）、《1918 至 1953 年的中短篇小说集》（1954）、《菖蒲及其他短篇小说》（1960）、《关于狗、猫和魔鬼》（1968）和长篇小说《名望和光荣》等。

八月之夜

这个美妙的夜晚，
你再不会遇到。

天主的这种恩赐，
你再不会得到。

布满繁星的天空，
你再不会见到。

星星啊星星，
请您再等一等。

我有话对您讲，
请您再等一等。

可是星星

掉进了深渊。

身躯就像夜晚一样，
已消失不见。

嘴里包着蜜糖，
紧紧地闭着。

幸福连一个小时
也不会停留，
一切都成了过去。

这个幸福的时刻，
你再不会遇到。

重访少时喜爱的地方

潮湿，阴冷，梅雨纷纷，
天鹅在水上游弋，飘来了朵朵白云。
黄昏时刻，我又来到了这片故土，
难道是它唤起了我心中的激动？

我见到这潺潺的流水，没有悲哀，也没有忧愁，
儿时和童友在这里欢聚，
现在生长着绿色的森林，
在田园，有阡陌，排排枞树高耸入云。

一栋栋农舍紧贴着地面，一株株橡树为它遮荫。

雅罗斯瓦夫·伊瓦什凯维奇

花园变成了林地，水中长满芦苇，
以往宽阔的大道，如今湿漉的牧场，
到处充溢着宁静，一片灰色的宁静。

明净的小河仿佛套上了一个玻璃罩，
可是天空依然是那个天空，
白云依旧是那片白云，
牲畜在牧场上吃草，禽鸟在田野哀鸣。

时光流逝，岁月如梭，
我挡不住东流水，
就让它永远流去，永远，永远，
旧世界已灭亡，新的时代已经来临。

这里开垦的荒地我未曾见过，
今目睹那沉睡着的枞木林穿上了绿装，
这绿装赛似我曾喜爱的地方，
愿风儿轻轻地吹在我身上，我想的是未来的时光。

1933年

* * *

在桑多梅日①的坟地上，
长出了飞廉、荨麻，
荚蒾和铃兰花，

---

① 地名，在波兰。

还有那么多没有用的杂草。

在桑多梅日的教堂里,
书写了那么多的苦痛,
还有那么多的魔鬼和圣贤,
清晨,夜晚,夜晚,清晨。

大街上有一栋房子,
看起来好像在远处,在河那边,
上帝啊!这里是多么美,
绿茵遍地,可又是那么遥远。

* * *

这样的命运你不能拒绝,
这样的命运你不能转让,
这样的命运你避免不了,因为有一只鹰
把你看成是美少年,要把你叼走。

你只有在天上飞,
你一定要睁开眼,
你像一颗闪亮的星,
可是在夜里你并不闪亮。

你呼吸困难,飞不了啦!
是的,干什么都很困难,

雅罗斯瓦夫·伊瓦什凯维奇

在奥林波斯山①上没有痛苦的呻吟，
那里是无人的荒岛，只有众神的心灵。

* * *

要指责那些已经失败的伟业也并不难，
可这难道是诗人要做的事？
诗人为什么要去践踏
那些已经破损的棺材？

躲在正义的维护者的
城墙的后面，
去给陌生的人
做一些虚假的动作也并不难。

可是当狐狸都躲在它们的洞穴里，
在那里大声地号叫，
而人们都不敢说话的时候，
一个有正义感的人，
面对这个，令人尴尬的场面，
就应当出来愤怒地斥责。

但这有几个人
能够做到？

---

① 希腊神话中众神居住的地方。

波兰现代诗歌选

* * *

你们看看我这滴血,
里面有糖,
还是有盐,
或者泥土?

你们是否见到树叶触到了伤疤上?
你们可曾听到马镫子的叮当声响?
灯火像星星一样闪亮,
那里可以听到
已经死去的人在说话。

世上的一切
都藏在一滴血中,
在那里跳动。

可是那滴血不是红的,
而是黑的。

卡齐米日·维耶任斯基

卡齐米日·维耶任斯基（Kazimierz Wierzyński, 1894—1969），诗人。第一次世界大战爆发后参加过波兰军队，1915年被俄军俘虏，在梁赞的俘虏营里被囚禁了两年，后从俘虏营里逃出来，又在基辅参加秘密爱国活动。1918年秋天回到华沙，和杜维姆、莱洪等诗人取得联系，在《为了艺术和科学》杂志任编辑工作，成为斯卡曼德尔诗社的主要成员。德国法西斯占领波兰后，他流亡国外，到过法国、葡萄牙、巴西和美国，1945年后，在美国长岛的一个渔村隐居了二十年，晚年回到欧洲，先后居住在罗马和伦敦等地。有诗集《春天的葡萄酒》(1919)、《屋顶上的麻雀》(1921)、《大熊星座》(1923)、《爱情日记》(1925)、《奥林匹克的桂冠》(1927)、《和森林交谈》(1929)、《荒诞的歌》(1929)、《苦味的丰收》(1933)、《悲惨的自由》(1936)、《古墓》(1938)、《土地——母狼》(1941)、《十字架和剑》(1946)、《背在背上的箱子》(1964) 和《梦中的幻觉》(1969) 等。

我听，我看

我听，我看，我呼吸，我行走，
我十分激动，我非常高兴，一切都很明白，

就是路边的影子也看得很清楚，
因为我是太阳的儿子，我出身阳光。

生命是普遍的存在，永恒的存在，
生命无处不在，即便一个生命，最短促的生命；
昨天一朵生命之花，今天繁花似锦，
梦想明天，生命之花将更加艳丽。

在这个像跳圆舞曲样转动的星球上，
有坟墓，有尸骨，有跳动的心。
我听，我看，我呼吸，我行走，
像上帝一样，天天如此。

1919 年

全都一样

阳光晒干了马路边的人行道，
丁香花的幼苗都枯死了。
亲爱的，我真傻，
我又何必那么悲伤？

世界是这么美，
我真的非常激动，
没有一天，我不要问问别人，
还有比我更幸福的人吗？

我是最漂亮的男人，

卡齐米日·维耶任斯基

像五月明媚的阳光,
我是最机灵的男人,
我的聪明说什么"最"都不够。

我买了一件新大衣,
把它穿在身上多气派。
我抽的是埃及的香烟,
啊!起风了,吹散了我的烟雾。

我向一些身材苗条的女士致礼,
看着她们向我投来爱慕的目光。
我对这毫无意义的幸运的获得,
知道它有深刻的含义。

我最亲爱的,不管是聪明还是愚蠢,
不管是我还是你,全都一样。
阳光晒干了马路边的人行道,
可是明天依然丁香花盛开。

1921 年

开 始

非得再读一遍,
非得再读两遍,
非得天天读,月月读,年年读,
到那时,会有一只鸟,
飞到你的手上,

它不害怕,它会习惯,
可现在,它要走了。

非得再读一遍,
非得再读两遍,
非得天天读,月月读,年年读,
到那时,会有一只鸟给你算命,
说你将要结束这种孤单的生活。
它会把你从这茫茫的黑夜,
从暴风雨中,送到大江之上。
你要相信它,
相信它就是相信自己,
世界从头开始。

1969 年

安东尼·斯沃尼姆斯基

安东尼·斯沃尼姆斯基（Antoni Słonimski，1895—1976），波兰著名诗人。1913 至 1919 年担任华沙《幽默》周刊编辑，开始发表诗歌和幽默作品，1917 至 1919 年和杜维姆一起主办大学生杂志《为了艺术和科学》，1920 年加入斯卡曼德尔诗社，成为该社主要成员之一。德国法西斯占领期间，他先后旅居巴黎和伦敦，在伦敦主办《新波兰》月刊，宣传建设一个新波兰。1946 至 1948 年担任过联合国教科文组织文学部的领导工作，参加了 1948 年在弗罗茨瓦夫举行的世界知识分子保卫和平大会，1956 至 1959 年任波兰作家协会主席。有诗集《十四行诗集》（1918）、《阅兵式》（1920）、《诗的时刻》（1923）、《通往东方的路》（1924）、《远方旅行的归来》（1926）、《没有格子的窗》（1935）、《失败的世纪》（1945）、《诗歌》（1958—1963）、《一百三十八首诗》（1973）和长诗《黑色的春天》（1919）等。

警报

"注意！注意！
打三点啦！"
有人在阶梯上跑，

波兰现代诗歌选

  大门发出了咔嚓的响声，
  到处都在叫喊和喧闹，
  突然一阵轰隆，
  有人在哭泣，有人在呻吟，
  那喊声越来越大，
  又传来汽笛声，
  "我宣布，华沙放警报啦！"
  周围马上静了下来，
  可高山上又响起了爆炸声，
  一阵叫喊，又一阵啼哭，
  房子倒了后，
  便什么也听不见了，
  然后投下了一个，两个，三个，
  一连串的炸弹。

  可是在远处，在布拉加①，
  却不用害怕。
  那里也传来叫喊声，
  这喊声越来越大，越来越近。
  大家都在一声不响地听着，
  "注意！注意！
  华沙解除警报了！"

  不，这警报解除不了，
  这警报仍在继续，
  汽笛又响了，快出来！

---

① 华沙的一个城区。

安东尼·斯沃尼姆斯基

把战鼓敲响,把教堂的钟敲响!
大声地哭吧!要在耶拿①
奏响瓦格纳的进行曲!

于是来了士兵的军团,
有大炮和坦克,
唱起了神圣的《马赛曲》,
前进,
和敌人战斗。

教堂里的善男信女都到南方去了,
大风吹散了天上的白云,
巴黎一片漆黑,正在睡梦中,
有人在静听,
有人在叫喊,要把我叫醒。

我听到那里有空袭,
城市上空盘旋的不是飞机,
是被毁的教堂。
花园变成了坟地,
变成了瓦砾和废墟。

这里的大街和房屋都有儿时的记忆,
特拉乌古特街,圣十字大街,
还有新世界大街②,

---

① 地名,在德国。
② 这些大街都在华沙。

这座城市架着荣誉的翅膀在飞翔，
可它像一块石头压在我心上，
"我宣布，华沙放警报啦，
就让它放下去！"

1939 年

河上

东方破晓，这是一个夏天灰蒙蒙的早晨，
我们都用这双年轻的手，荡桨于这条河上，
你可记得，那是多么寂静，阵阵轻波
把我们小心地捧在河面上。

我还记得这条河的那个样子，
大雾升起的时候，东方一片血红，
辽阔的太空，带着丝丝寒意的微风，
给人们带来了清新和爽快。

我心醉了，年轻时的彼岸，
在雾中消失，迎来了新的生命，
它像汹涌澎湃的大浪，把我死死地抓住
我只能随着它，飘到无尽的远方。

今天又有一股风浪，
抓住了我那疲惫不堪的心，
如果我的眉毛白了，
黑暗就会笼罩我的灵魂。

1944 年

安东尼·斯沃尼姆斯基

记事本

我在一个旧的记事本里，
找到了一些死去的友人的电话，
还有一些已被烧毁的房屋的地址。
我拨了电话，等了一会，
听见对方拿起了话筒，
可是没有说话，只有吸气的声音，
那些房子大概还在烧吧！

扬·莱洪

扬·莱洪（Jan Lechoń, 1899—1956），诗人，他在大学学习期间任大学生杂志《为了艺术和科学》的编辑，1919年和杜维姆等一起创立斯卡曼德尔诗社。1930 至 1939 年任波兰驻法国大使馆文化专员。1940 年迁居美国，1943 至 1946 年在纽约和卡齐米日·维耶任斯基一起编辑出版《波兰周刊》。有诗集《金色的田野上》（1913）、《沿着不同的小路》（1914）、《共和制的滑稽故事》（1919）、《巴宾斯基共和国》（1919）、《历史之歌》（1920）和《银色的和黑色的》（1924）等。

你问我，我的生活中什么事情最重要

你问我，我的生活中什么事情最重要
什么是我最重要的东西？
我告诉你：死和爱情，两者都一样。
我害怕一只是黑眼睛，另一只是蓝眼睛，
因为它们是我的爱，也是我的死。

在满天星斗的夜晚，
它们能驱散五湖四海的旋风。

扬·莱洪

这旋转风会把全人类卷走，
给心灵带来悲哀，使躯体感到爽快。

石磨在磨坊里转动，生命在底层喘息，
要往深处去寻找存在的奥秘。
我们只知道，什么都没有变，
死亡远离了爱情，爱情远离了死亡。

1924 年

十五岁在莫科托夫[①]

黄昏笼罩着一个外国的大城市，
我站在窗子旁，看见外面飘飞的雪花，
啊！这都是过去的事，一群少年
在华沙城里奔跑。

这么多年过去，难道我变了？
当一切都成了废墟的时候，
我好像又打开了儿时住过的那间房的门，
我要说："我不过刚刚离开这里。"

母亲正在用她的小手缝补衣服，
父亲躬着身子站在墙那边，
每天晚上都在那里做他的细活，
赚了钱就给我们买衣裳。

---

① 华沙的一个城区。

波兰现代诗歌选

和天使谈话

梦中我遇见了波兰命运的天使,
周围一片漆黑,它一边哭泣一边扇动着翅膀,
像要对我说:"你一个人孤孤单单,
远离家乡的土地,会慢慢死去。"

你说我远离了家乡?可是阵阵春风
给我送来了花园和田野的芳香。
玛佐夫舍[①]的沙土,立陶宛的湖泊,
维斯瓦河和塔特雷山[②]都在我身边。

---

① 波兰中部和北部的一地区。
② 在波兰南部。

尤泽夫·维特林

尤泽夫·维特林（Józef Witlin，1896—1976），诗人，作家。他的诗歌创作曾受德国和波兰表现主义的影响，作品有诗集《赞歌》（1920）、随笔《战争，和平和诗人的心灵》（1925）和回忆录《我的利沃夫》（1946）等。

祈祷

我对现在发生的事，都保持沉默，
对我的亲友遭到的迫害，
对我的亲友遭受的折磨，
对议长死后的波兰，
对饥饿和饱食终日，
对战斗中的牺牲保持沉默。
对农村的贫困和农民的不幸，
对城市的贫困和失业，
对心灵遭受的屈辱，
对压迫者的凶狂，
对宪警的追捕，
对无辜和弱者遭受的鞭打保持沉默。

波兰现代诗歌选

对贝列扎·卡尔杜斯卡①的设立，
对诗人披戴的镣铐保持沉默。
（对检察官先生你，我也保持沉默，
请允许我保持沉默！）

我出于良心保持沉默，
可它使我身上长满了带血的脓疮。
我的沉默堵住了我的喉咙，
夜晚躺在床上做噩梦，
内心的恐惧和痛苦
就像陷进了地狱的深渊。
我的心灵在沉默中吼叫，
可我对我见到的罪恶，
胆小怕事，不敢反抗，
对白白流尽的鲜血依然保持沉默。
对已爆发的战争，
和将要爆发的战争保持沉默。
对马德里②被杀害的儿童，
对炸弹和毒气的恩赐，
对莫斯科的审讯，
对世上的魔鬼都保持沉默。

先生，你是怎么看我的这种态度？
请不要太严厉地指责我的沉默！

1937 年

---

① 波兰战前资产阶级政府设立的一个集中营，专门用来关押反对派和共产党员。
② 西班牙的首都。

弗瓦迪斯瓦夫·布罗涅夫斯基

弗瓦迪斯瓦夫·布罗涅夫斯基（Wsładysław Broniewski，1897—1962），波兰著名革命诗人，出生于一个有爱国主义传统的知识分子的家庭，中学读书时就参加过一些秘密的爱国组织。在1915年参加了毕苏茨基创立的波兰军团，为波兰的独立而战。在两次世界大战期间参加过一些波兰的左派组织，1924年担任左派刊物《新文化》编辑部的书记，发表过他翻译的苏联诗人马雅可夫斯基的诗《工人诗人》，翌年他又出版了诗集《风车》，并且和波兰革命诗人斯坦尼斯瓦夫·雷沙尔德·斯坦德、维多尔德·万杜尔斯基联名发表《三声排炮》，这是关于波兰无产阶级革命诗歌创作的第一篇纲领性的文献。1925至1936年，布罗涅夫斯基担任《文学新闻》杂志主编，继续发表文章，宣传波兰无产阶级革命文学。在1927至1928年和1929至1931年，他曾先后担任左派刊物《杠杆》和《文学月刊》的编辑工作，参加了一系列由波兰共产党领导的革命活动，曾被当局逮捕入狱。在德国法西斯占领期间，他1941年去了苏联，在古比雪夫创办《波兰》杂志，后又参加在苏联组织的波兰军队，去近东一些国家作战，直到1945年才回到波兰。他发表的诗集还有《城上的烟雾》（1927）、《关怀和歌》（1932）、《最后的呐喊》（1939）、《枪上插刺刀》（1943）、《绝望树》

波兰现代诗歌选

(1945)、《希望》(1951)和长诗《巴黎公社》(1929)、《玛佐夫舍和维斯瓦河》(1951)和《安卡》(1956)等。此外布罗涅夫斯基还翻译出版过一系列俄国文学作品。

诗

你在一个五月的夜晚来到了这里，
一个白色的夜晚，安睡在茉莉花丛中，
可是这茉莉花却透出了你话语的馨香。

你在无梦的夜中了毫无声息的遨游，
可这寂静的夜像枝叶一样，在沙沙作响；
你梦中的细语，道出了你胸中的奥秘，
它就像雨点一样，飘洒在你的身上。

可这不够，还不够啊！
因为你在对我进行蒙哄和欺骗，
请把你的热情的气息吹到我的胸上，
我的胸是那么宽阔，就像翅膀一样。

我也不满足这些低声细语，
这都是些毫无意义的冰冷的话语。
你去敲打战鼓，让我们走上前进的道路吧！
用你的话和歌声鞭笞我们，赞歌嘹亮。

请你说说：哪里有人间最寻常的乐趣？
哪里有光明的前景和美好的生活？
请给予我们每日的面包和粮食！

弗瓦迪斯瓦夫·布罗涅夫斯基

请来到我们中间,向我们下达战斗的命令!

我们无需祭司的祝福,
夜寒更挡不住神圣的火焰,
你就像在战斗中飘扬的旗帜,
在大风中举起的火炬。

给我们说些吉祥的话吧!
我们要用通俗的语言唱出热情洋溢的歌,
要用大爱消除我们的痛苦,
它将给我们更多的欢乐。

你的歌唱如要竖琴的伴奏,
如果竖琴是对雷电的诅咒,
你要用你的脉搏去触动它的琴弦,
感受它那跳动的旋律。

要高唱赞歌战斗到死,
消除那些毒蛇暗中蠕动的丝丝声响。
一定会有比诗更加美好的生活和爱情,
爱将战胜一切。

诗啊!到那时,
请给我们小声地唱出虽然朴素
可永世长存的歌吧!
就像被旋转风撕破了的战旗一样。

1927 年

波兰现代诗歌选

致全副武装的同志们

你们夺得了贝尔韦德尔①，
你们会死在战场，
可是在你们胜利的歌声中，
可以听到铁窗里发出的怒吼。

六千个被关在牢狱里的囚犯，
今天对你们喊道："打开牢门吧！"
请记住那是不久以前，
被关在什切皮奥尔纳②和胡什塔③的囚犯。

波兰并不是没有付出而得来的，
为了她的自由和荣誉，你们流尽了血，
从沙俄宪兵的铁蹄下，
拯救了自由的华沙。

你们赶走了那些双头的鹰，
消除了那镣铐的叮当声响，
可是这镣铐今天又响起来了，
在卡伊当警官的碉堡里。

----

① 建于1659年的波兰王宫，19世纪曾为沙俄占领者的总督府，现在是波兰的总统府。
② 波兰卡利什城的一个城区，卡利什当时属于普鲁士占领区，在第一次世界大战期间，普鲁士当局在那里设有波兰军团战士的俘虏营。
③ HUSZT在匈牙利，1918年，奥地利当局在那里设有波兰军团战士的俘虏营。

弗瓦迪斯瓦夫·布罗涅夫斯基

今天的华沙是那么凶狂,
到处都可听到子弹的声响,
为什么又是这些骗子
吮吸着我们的鲜血?

街上流淌着五月的血,
到处都是横冲直撞的宪警。

请听!那些被践踏和鞭笞的人们
在向你们呼救。

用你们的刺刀去捅破那监狱的墙,要大胆!
打开监狱的大门!
战火中的华沙啊!
将喷发着自由的芳香。

1927 年

我的葬礼

不管我想还是会要离开
这土地对我比什么别的都更加珍贵,
这里有维斯瓦河,还有玛佐夫舍的风,
曾吹拂着我的童年和少年。

我的窗前有大片的田地和白杨,
我知道,这就是波兰。
这里有我的欢乐和映在额上的愁怨,

波兰现代诗歌选

这里的话把我武装得像战士一样。

土地懂得我说过的话,
虽然它浸透了鲜血,
在牢房的墙上,像爬蔓植物一样,
有我的歌。

白杨树细小的枝叶
对我表示了由衷的信赖,
我心里明白,
不死在这里,还要去哪里呢?

这片我最熟悉和最美好的黑土地啊!
如果我死了,你要把我拥抱,
因为你长出了悲哀的白杨,
就让你的这片美景随我而去吧!

维斯瓦河上的森林在银色的恐惧中,
将不停地低语,
它道出了我的感受和爱,
它道出了我没有唱过的歌。

枪上插刺刀

如果敌人来焚烧
你住过的这栋房子——波兰,
又给你扔下了炸弹,
如果敌人的铁骑,

弗瓦迪斯瓦夫·布罗涅夫斯基

来到了你的门前，夜晚用枪托
打破了你的家门，
你从睡梦中醒来，抬起头！
要勇敢地站在你的家门前，
把刺刀插在枪上，
血债要用血来还！

为了祖国那抹不掉的耻辱，
谁都不会拒绝牺牲和流血，
流尽胸中的血，
流尽歌中的血。
你可尝过牢狱的面包，
是那么苦涩！
为了波兰，举起你手中的枪，
对准敌人的胸膛。

战士啊！用你的心和誓言，
诗人啊！你的关怀也不在歌中，
今天的诗是阵地上的战壕，
是杀声和命令，
把刺刀插在枪上！
把刺刀插在枪上！
如果要作出牺牲，
请记住康布罗纳①的话，

---

① 皮尔—雅凯尔·康布罗纳（Pierre-Jacques Cambronne, 1770—1842）法国军事统帅，曾跟随拿破仑在欧洲转战过许多地方，表现得十分勇敢。他一次为夺取瑞士的苏黎世，在和普鲁士军队的战斗中，曾对他的士兵说："小伙子们，你们要么跟着我一起战斗，要么让普鲁士人把你们杀掉。"

波兰现代诗歌选

把它在维斯瓦河上再说一遍。

1939 年 4 月

狱中的信

亲爱的女儿！
我在狱中给你写信。
幽暗的黄昏变成了漆黑的夜晚，
我听到了火车站的汽笛声。

窗外是一片灰色的天空，
有几只麻雀站在铁窗框上，
啄食着一堆面包屑，
然后飞向了远方。

女儿啊！
我经受了一次又一次的酷刑，
冷酷和坚强
铸就了我艰难的人生。

你不知道，这里的时间是怎么过的？
它就像血管破裂后流出的血……
亲爱的，我祝你健康和幸福！
可我需要的却是力量。

我正踏着我的同龄人：
流放者们的足迹，

弗瓦迪斯瓦夫·布罗涅夫斯基

背负着我的歌声
走向那人生的彼岸。

1943 年

在圣十字街上处决

宪兵在街口上布置了岗哨，
戒严，此时此刻，谁都不得通行，
要对"卑鄙"的波兰人，执行枪决。

只有九月失败后留下的废墟，
只有顶楼上几双泪水浸湿的眼睛，
只有几个躲在地下室里的人，
在偷偷地看着这个执行。

囚车呜呜地行驶，
送来了五花大绑的罪人，
他们的嘴里塞着石膏，
不能说话，
不能表达对祖国的爱，
不能把唾沫吐在刽子手的脸上。

刽子手叫他们把苍白的脸对着墙壁。
在告别这块悲伤土地的最悲伤的时刻，
你们是否有话要说？
别了，同志们！在你们死后，
这块土地上的斗争不会停息。

波兰现代诗歌选

虽然在这块石板上,你们洒下了鲜血,
可是这堵城墙,这片蔚蓝的天空,
还有这喀尔巴阡山,波罗的海,塔特雷山
将永远属于波兰。
在波兰的土地上,终将来到
自由的一天,解放的一天。

过路的行人!你可知道,
那用油墨涂画着十字架的石碑在什么地方?
那里埋葬着牺牲者的遗骨,
无辜的牺牲者的遗骨。

让我们低下头,向他们致哀。

1943 年

帖木儿[①]的坟墓

这个人性习平和,也很聪明和善良,
他相信他的智慧和独立思考的能力,

---

① 帖木儿(Timur, 1336—1405),帖木儿帝国的创建者,出生于中亚一突厥化蒙古贵族家庭,曾任西察合台汗国大臣,1370 年灭西察合台汗国,夺取了河中地区的统治权,建都撒马尔罕。1380 年开始,夺取了伊朗和阿富汗,后又侵占了南高加索和两河流域。1388 年征服花剌子模。1389、1391、1395 年三次进军钦察汗国,毁其首都萨莱、伯尔克等城市。1398 年侵入北印度,占领德里,屠杀战俘近十万人。1399 年攻入小亚细亚。1402 年在安哥拉战役中大败土耳其军队,俘获苏丹巴耶塞特一世。晚年曾纠集二十万大军,企图远征中国,但在渡过锡尔河后不久,病死军中。帖木儿每征服一地,便将俘获的工匠、艺术家和学者掳至撒马尔罕,使撒马尔罕逐渐成为当时的文化艺术中心。见《世界历史词典》,上海辞书出版社,1985 年,第 406 页。

弗瓦迪斯瓦夫·布罗涅夫斯基

他不愿有饥饿、也不愿看到火灾和战争,
他的墓是用一块又一块的砖砌成的。

那些镶嵌在这个统治者和老爷的
坟上的古老的宝物是多么漂亮。
我从监狱里出来,带着思念和对童话的兴趣,
来到了他的墓地里。

吉尔吉斯的战马奔驰在波斯的国土上,
把那里的清真寺和皇宫变成了废墟,
火与剑,剑与火毁灭了一切,
这是那么遥远,又像是不远的过去。

蒙古人的箭射程有多远?
他们袭击了巴格达,又进攻莫斯科,
他们穿越乌克兰,又来到了波兰,
遍地的火与剑,到处都是屠杀和毁灭。

然后他们用大理石建起了一座黑色的坟墓,
以显示这位统治者和征服者的威严。
历史在前进,可它变得越来越凶狂了,
生命可以查找,而死亡却无处查寻。

可是这座坟墓已破损不堪,当年的宗教也不再流传,
蒙古人的铁骑销声匿迹,他们的统领也早已不在,
这块被鲜血浸透的土地虽然更加凝固,
可生长在这里的大树却长出了新的枝芽。

波兰现代诗歌选

这个人性习平和,也很聪明和善良,
他想要耕种,让土地五谷丰收。
他不愿有饥饿,也不愿看到火灾和战争,
他只相信他自己和他的祖国。

1943 年

我在那里有什么牵挂

只要有一挺机枪,它百发百中,
怕什么西伯利亚的风雪和利比亚的大沙漠。

怕什么集中营和牢狱,饥饿、痛苦和流行病,
面包和子弹会给我——一个士兵带来无穷的乐趣。

我不要任何赏赐,也无需荣誉的花环,
我只要一双厚实的军鞋,穿着它到华沙去。

穿着它精神抖擞地走在华沙圣洁的马路上,
我在纳尔维克①修补过它的后跟,我在图卜鲁格②佩上了鞋带。

我走遍了天涯海角,我到过许多国家,

---

① 挪威港口城市,1940 年,有波兰波德哈尔独立旅参加的英国和法国的军队曾经攻占了这座城市。
② 利比亚一个港口城市,1941 年 4 月至 12 月,遭到德国和意大利法西斯军队围困,城里有一个波兰喀尔巴阡独立旅坚守了一年多,直到 1942 年 6 月,才被德国法西斯攻下,但在这一年 11 月,又被英国军队占领。

弗瓦迪斯瓦夫·布罗涅夫斯基

可是在每一个战士的脚下,都只有波兰的土地!

钱财对我有什么用,除了诗歌我一无所有,
德国人九月用七个手榴弹毁了我的家①,
可我家附近有一个菜园,那里种了蔬菜和鲜花,
我要在那里挖出德国人扔下的手榴弹。

我要拯救我儿时就深深爱着的这片土地,
我要在这个国家,在玛佐夫舍放羊。

我在那里有什么牵挂?我们的空军,
我们的舰艇,走遍了五湖四海。

我们要向世界宣布,只有波兰值得我为之付出,
只要我有一双坚实的军鞋,只要我有一挺机枪。

1943 年

窗帘

我打开了窗子,
窗帘就像棺材里的
安卡②一样,
被风吹到了我的脸上,

---

① 指德国法西斯 1939 年 9 月开始向波兰发动进攻。
② 一个女人的名字。

波兰现代诗歌选

　　白色的窗帘，蓝色的帷幔
　　被风吹得嗖嗖作响，
　　啊！亲爱的！你在哪里？
　　露出你的容颜吧！

　　我真高兴，我真害怕，
　　我亲爱的！
　　我已无法入睡……
　　这里到底是窗帘，还是你呢？

1956 年

斯坦尼斯瓦夫·巴林斯基

斯坦尼斯瓦夫·巴林斯基（Stanisław Baliński，1899—1984），诗人。有诗集《东方的夜晚》（1928）、《伟大的旅行》（1941），《诗集中的歌谣和侨民的歌》（1948）和长诗《良心的事》（1924）、《关于华沙的三首长诗》（1945）等。

地下的波兰

我的祖国是地下的波兰，
在黑暗中战斗，孤立无援。
我呼吸的是夜里吹来的一阵旋风，
我吃的是沾了血的面包。
但是远方的火焰照亮了我的前程，
这是我们的权利，也是一个人的权利。

反抗虽然给我造成了压抑，
它也给我增添了幸福，
我不以为战斗中有什么悲哀，
但悲哀总离不开我。
我到过许多国家，观赏了那里无数的美景，
但我想的只是一个虽然艰难但已获得自由的国家。

波兰现代诗歌选

如果我的窗前没有阳光,
我为什么要到所有的地方去寻找太阳?
如果我的心已陷入地下,
这个地球所有的美对我有什么用?
我的弟兄:谁没有自由,
就只能在黑暗中行走,在黑暗中战斗。

我的祖国是地下的波兰,
在黑暗战斗,孤立无援。
但不管在什么地方,我们只有一个信念,
它永远不会失去,浸透在我们的血脉中,
它给我们的心灵增添了力量,
它告诉我们,一定会取得胜利。

扬·布热赫瓦

扬·布热赫瓦（Jan Brzechwa，1900—1966），诗人，儿童文学作家。有诗集《想象中的面孔》(1935)、《第三个圆圈》(1932)、《苦艾和云》(1935)，为儿童写的诗集《针和线一起跳舞》(1938)、《猫头鹰对啄木鸟说话》(1946)、《野鸭》(1939)、《在贝尔加穆特群岛上》(1948)、《给孩子们的桃》(1953)、《一百个童话》(1958)和科学幻想小说《克拉克斯先生的旅行》(1961)等。

祖国的土地

我在你黑色的田野里种下了庄稼，
我在你的路边植下了树根，
这是绿色的杨柳，
是松树和柏树的根。

我吸吮着你的乳汁，
你的乳汁闪耀着金色的光芒，
我吸吮着你赖以活命的乳汁，
祖国的土地啊！是你给了我生命。

波兰现代诗歌选

  为了你我四处奔跑和歌唱，
  在城市的大街上，在田间的阡陌上，
  在高山上，在谷地里，在羊肠小道上，
  我知道，你永远不会抛弃我。

  我没有人们朝拜的王冠，
  也没有令人景仰的光环，
  但你生长的一切也都在我的身上，
  你给了我精神，给了我力量。

  我生长在玛佐夫舍的土地上，
  我吃过你的面包，唱过你的歌，
  我在维斯瓦河流过的地方找到了幸福，
  我在说波兰话的地方努力工作。

  我有那么多的思虑和经历，
  但有一颗赤诚的心，一个简单的愿望，
  就是永远不离开你，
  我要得到你的关怀，你的抚养。

  我是一个歌手，为你服务，为你歌唱。
  我的心跳就像歌声那样优美动听，
  只要哪里需要，我就在哪里歌唱，
  在远方，在故乡，在故乡的河上。

  玛佐夫舍的土地啊！我的旅行结束了，
  如果我没有为你造福，
  没有为波兰造福，

扬·布热赫瓦

那我依然是个孩子。

如果我死了,
我要用我的骨灰给你肥田,
我将高高兴兴地去到另一个世界,
因为我把一切都献给了你,祖国的土地!

布鲁诺·雅显斯基

布鲁诺·雅显斯基（Bruno Jasieński，1901—1939），波兰战前先锋派和未来派的代表诗人、作家。发表过一系列关于先锋派和未来派文学纲领性的文章，反映了否定传统和对未来主义的追求。雅显斯基早期除崇尚未来主义外，对波兰20世纪别的流派几乎都持否定态度，表现了虚无主义观点。1929年他去了苏联，开始用俄文写诗，并参加了布尔什维克，加入苏联国籍，但在1937年苏联的肃反运动中遭到迫害，被判十五年徒刑，后死在流放的途中，1955年获得平反。有长诗《饥饿之歌》（1922）、《左边的土地》（1924）、《话说雅库布·谢拉》和长篇小说《焚烧巴黎》（1929）等。《焚烧巴黎》以半殖民地的中国某城市为背景，揭露了西方殖民主义者和资本家对中国工人的残酷剥削和压迫，有强烈的革命倾向。

纽扣孔里的皮鞋

我整天急急忙忙的奔跑，磨破了我的鞋跟，
我像阳光一样的明亮，我很快乐，也很自信，
我到处闲逛，因为我是天才，我年轻，
我要迈开脚步，毫无拘束地走向大千世界，

布鲁诺·雅显斯基

在十字路口也不停留，任何地方都不停留，
因为我总是背负着某种使命，要不断前行。
我身着得体的行装，也不用飞鸟的指引，
我对路遇者都以礼相待，要改变他们对我的看法，
公园里有人踢球，还有一些少女聚在一起，
饶有兴味地谈论着新的艺术，表示对它的看法，
她们并不知道，如果雅显斯基来了，
泰持马耶尔和斯塔夫都会死去，
她们不知道，她们也不会相信，
这是诗，是未来主义——一个未知数：X
跟我一起走吧！姑娘们，让你们的脑袋清醒清醒！
午饭后的点心最好吃。
一辆小轿车飞驰而过，在空气中，
散发着白色的油烟，发出了刺耳的响声，
可我在山那边，在谷地里，却发现了童话故事，
我并不感到悲哀，也没有什么悲哀……
我多么高兴，因为我得到了满足，
我走啊，走啊！还要到哪里去？
我是天才，我年轻，我的鞋在纽扣孔里，
那个伴随着我的声音对我说了一声再见[1]！

1921 年

---

[1] 原文是法文。

尤利扬·普日博希

尤利扬·普日博希（Julian Przyboś，1901—1970），诗人，他年少时参加过波兰民族解放运动。1926 至 1933 年参加克拉科夫先锋派诗歌运动，发表过许多宣传这一流派诗学观点的文章。德国法西斯占领期间，他在乌克兰的利沃夫的《新视野》杂志任编辑。波兰解放后，先后担任过《复兴》周刊编辑，任波兰民族解放委员会委员和波兰作家协会第一任主席。1955 年定居华沙，曾任《文化评论》《诗刊》和《文学月刊》的编辑。有诗集《螺丝》（1925）、《两只手》（1926）、《从上面来》（1930）、《在森林深处》（1932）、《我们还活着的时候》（1944）、《地球上的一个地方》（1945）、《建立整体的尝试》（1961）、《记号》（1965）和《不认识的花朵》（1968）等。

保持心理平衡

迎风的旗
在凯旋门前飘扬，
暴动分子放下了武器。

我是一个被鸟驱赶的流浪者。

尤利扬·普日博希

我写信的那个写字台好像变得越来越大,
它还在往前移动,
就像一辆坦克,马上要开赴战场,
我好像觉得,我的房子明天就要被烧毁了,
我的心也跳得更快了。

炸弹在路灯杆前爆炸,
大街上依然灯火辉煌,
我在士兵们喊杀声中,度过了这一天。

绿草地里的草都枯萎了,
可我没有离开这里。

我是一个被鸟驱赶的流浪者。

花园里的一弯新月就像树上长出的细嫩的枝芽,
地球没有我就没有感觉,但照样转动,
只是秋天的黄叶都落在了月桂花枝上,

……这是要我保持沉默。

我把兜里所有的食物都翻出来,
放在燕子的窝里。
因为它要被人赶走了。

1938 年

波兰现代诗歌选

44 年的春天

夜空笼罩在我的头上
可是这把保护伞已经被撕毁了,
那摩托车的突突声响使我浑身发抖,
我的脉搏也跳得更快了,
这里没有暴风雨,
这里是一片真空。

战斗机飞过之后,
它的螺旋桨变成了
挂在天上的半个月亮。

山岚不再是过去那么明亮,
大风吹在被云层覆盖的庄稼上,
可这里却变成了战场。

半夜盛开着的丁香花散发着扑鼻的芳香,
可是我的鼻孔在流血。

东方的屏障被打破了。
敌机在空中盘旋,发出黄鹂一样呜呜的鸣叫,
投下了炸弹。
起义战士正高唱战歌向敌人开枪。

1944 年

卡齐米日·帕什科夫斯基

卡齐米日·帕什科夫斯基（Kazimierz Paszkowski，1902—1940）诗人，占领时期曾被关在奥斯维辛集中营，写过反映集中营生活和斗争的诗。战后和人合作编辑出版了题名为《英雄的华沙》诗歌选（1946）等。

奥斯维辛[①]

我给你，妈妈！写这封信，
在奥斯维辛牢房的墙上。
现在是夜晚，笛哨吹起的旋风，
给我送来了你圣洁的名字。

你问我在干什么？是否健康？
为什么我身上标着号码？
这个你不要问！我常常在睡梦中
见到你在为我祈祷。

我不能写我所要写的，

[①] 第二次世界大战期间，德国法西斯在波兰南部设立的最大的集中营。

波兰现代诗歌选

因为这会使你泪流满面。
我知道你看得见我,
你看见我在遭受折磨。

我虽已肢体不全,
但我并不害怕,这是为什么?
因为我们每天都会见到死亡,
死神时刻都在监视着我。

这里每天都是集训和苦役,
从清晨开始;
这里的囚徒越来越多,
可他们也越来越少。

夜里我不能入睡,
因为我的思想已飞到你的身边
因为你的痛苦煎熬使我感到十分不安,
有谁能把你的泪水浸透的书信,捎来给我?

十月是个乌云密布、阴雨连绵的季节,
到那时,我们都将死去,就像树上的黄叶,
只盼着多少年后,
诗人们会把我们热情地歌唱。

我们不知道我们之中谁能得救?
人的命运必须经过死神的筛选,
可怕的焚尸炉每天都在冒着黑烟,
我们的灵魂就像思念一样,已经飞到了绿色的远方。

卡齐米日·帕什科夫斯基

我给你,妈妈!写这封信,
在奥斯维辛牢房的墙上,
但愿笛哨吹起的风,把它送到你的身旁,
这是我给你的名字,献上的一次祝福。

尤泽夫·切霍维奇

尤泽夫·切霍维奇（Józef Czechowicz, 1903—1939），诗人。有诗集《石头》(1927)、《这一天和每天一样》(1930)、《那边来的歌谣》(1932)、《再也没有别的》(1936) 和《人的音符》(1939) 等。

黄金街的音乐

夜未静，风也没有停息，
大地未进入梦境，可天已经黑了。

在紫罗兰的天空里，吹拂着嗖嗖的微风，
这不是风，这是一阵阵笑声。

多米尼克大街上的少女的合唱
要把圣母赞颂。还有
阿尔奇迪安孔街上的小提琴，
在为一首首咏叹调伴奏。

音乐之家的演奏虽然停息了，
天空又出现了一道彩虹，

教堂上闪光的焰火,
像发丝一样坠落下来。

有人这时拍打着它的铜铸的胸脯,
夜晚的钟声打破了寂静,
这钟声是那么嘹亮,
就像有人在十字架前,
指挥着乐队的演奏:

一、二、三!

梅切斯瓦夫·雅斯特隆

梅切斯瓦夫·雅斯特隆（Mieczysław Jastrun，1903—1983），诗人和作家。1924年开始发表诗作，后一直和《斯卡曼德尔》杂志保持联系。德国法西斯侵占波兰后，他最初在利沃夫，1941年来到华沙，参加过波兰语言和文化的秘密宣传和教育工作。有诗集《1929年的会见》（1933）、《另一个青年时代》（1933）、《溪流和沉默》（1937）、《人的事》（1946）、《诗和真理》（1955）、《热灰烬》（1956）、《起源》（1959）、《比生活更大》（1960）、《音调》（1962），《白天》（1967）、《记忆的标志》（1969）、《岛》（1973）、《旋转舞台》（1977）、《亮点》（1980）和人物传记作品《密茨凯维奇》（1949）及《诗人和内侍官——扬·科哈诺夫斯基的事》（1954）等。

大火和灰烬

历史的年表，
将述说那大火和灰烬的年代。
谁都不知道
那些被判了死刑的人，
在死的时候有什么感觉。

梅切斯瓦夫·雅斯特隆

我们都死过,但又新生了,
对这个世界,我们问心无愧,
可是在我们面前,却出现了一张不友善的面孔,
在年轻时读过的书中,
我见到了一株橄榄树。

我们见到的是,
一个人真的连一分钟都活不下去,
这个世界好像被封闭了,没有出路,
就像水在破烂的水管中流不出去一样。

被逮捕的要吞下他们像钻石一样的真理,
但他们都和他们的真理一起死了;
一些人虽然获救,却在践踏死者的遗嘱,
以为这样他们就有了希望,
卑鄙堕落成了未来的时尚。

我不想重复那些合唱的高调,
对那么多没有埋葬的人也没有悲哀,
但我以为,那些骗子的甜言蜜语
却是不祥之兆,从他们死后留下的
衬衫的窟窿眼里,会有许多老鼠爬了出来,
还有黑色的田鼠也从他们的喉咙里跳了出来。
战后的硝烟在一阵阵春雨中溶化和消散了,
人们将毁掉他们的记忆和背在背上的纪念碑,
会改换他们的姓名,
让过去的姓名像冰雪一样地消融,

波兰现代诗歌选

连痕迹都不留下，
历史将变成神话，
过去用铁丝网围起来的死亡营的窗子里，
有人在挥舞着一条手绢。

1956 年

* * *

我把我的阴暗的灵魂
托付给了那远方的风景，
它在那里得到了休息，却忘了
我青年时代事业的艰辛。
我曾涉过冰冷的河水，
穿过漆黑的赤杨林，
在睡梦中我听到了树叶的沙沙声响，
就在这个晚上，那棵树突然长大了，
站立在了一条满是泪水的溪河旁。

1937 年

康斯坦丁·伊尔德丰斯·高乌钦斯基

康斯坦丁·伊尔德丰斯·高乌钦斯基（Konstanty Ildefons Gałczyński，1905—1953），诗人。他在1931至1933年曾任波兰驻德国大使馆的文化代表，访问过德国及其邻国的许多地方。1939年9月参加反法西斯卫国战争，同年11月被俘，被囚禁在德国法西斯俘虏营达六年之久。他战前属于波兰名士派诗人，写过一些带讽刺的抒情诗。德国法西斯占领期间发表的诗歌反映了爱国主义思想。有诗集《小巷来的风》（1923）、《人民的娱乐》（1932）、《诗歌作品》（1937）、《魔幻马车》（1948）、《结婚戒指》（1949）、《抒情诗集》（1952），长诗《世界末日，神圣伊尔德丰斯的幻觉，即对宇宙的讽刺》（1929）、《莎洛门家的舞会》（1931）、《民间的游戏》和《诗的小喜剧》（1934）、《尼娥柏》（1951）和《维特·斯特俄什》（1952）等。

请把我送到幸福岛上

请把我送到幸福岛上！
和暖的春风吹拂着我的像花一样的美发，要亲吻它。
你把我放在摇篮里，睡吧！让我进入像音乐样甜美的梦乡。
我梦见我在幸福岛上，请不要把我惊醒！

波兰现代诗歌选

告诉我那汪洋大海在哪里？宁静的大海在哪里？
星星在枝叶上闲谈，可我能否听到它们的谈话？
你让我看到了美丽的蝴蝶，这是心灵的蝴蝶，它要亲近我，
依偎在我的身旁，可我的爱却飘洒在这无边的大海上。

1937 年

旗之歌

有一面旗，在什么地方？在图卜鲁格，
还有一面，在什么地方？在纳尔维克，
第三面旗，在蒙特卡西诺①。

每一面都像一道彩虹，
都有白红，白的和红的两种颜色②。

红得像一杯葡萄酒，
白得像一场雪崩。
白和红。

人们夜里虽然把它们都卷了起来，
但一面旗给另一面赋予了勇敢精神，

---

① 卡西诺山（Monte Cassino），从意大利那不勒斯到罗马延伸的一条山脉，在第二次世界大战期间，德国法西斯曾在这里建立一道防线，西方盟军在 1944 年 1 月至 4 月，对它久攻不破。5 月 11 日至 18 日，波兰军队付出了很大的代价，终于把它攻下。

② 波兰的国旗呈红白两色。

康斯坦丁·伊尔德丰斯·高乌钦斯基

它对它说,你不用担心。

另一面回答说,你让我有了魔法,
就是地狱里的魔鬼也不能把我撕毁。

你不怕武力的威胁和金钱的收买,
永远保持高洁的品德,
你任何时候都不是单纯的白,
也不是单纯的红。

你有白和红两种颜色,
就像一道彩虹。

红得像一杯葡萄酒,
白得像一场雪崩。
我最亲密和我最爱的
白和红。

当两面旗帜相互交谈的时候,
却被机关枪的子弹射中,
于是给它们的白和红都穿了个孔。

但它们叫道:不要哭!
即便我们成了块破布,
也改变不了我们的颜色,
我们永远是白色和红色,
神圣的旗帜,疯狂的旗帜,

波兰现代诗歌选

　　在图卜鲁克，在摩尔曼斯克①。
　　即便我们的命运像吉普赛人②那样，
　　我们也会保持白色和红色，
　　永远不会失去白色和红色。

　　红得就像一杯葡萄酒，
　　白得就像一场雪崩，
　　白和红。

　　午夜魔鬼在一张绿色的小桌旁祈祷，
　　还在数着一些数目，
　　有多少围巾、奖章，还有乐曲，
　　这是一个暗号。

　　魔鬼因为心怀鬼胎，它变得愚蠢了，
　　不知道什么是白色和红色。

　　可是这些旗帜悲哀地说：
　　如果我们变了颜色，我们就会死去。

　　这不是外交辞令，
　　这是悲剧，心灵的悲剧。
　　我们表现了对家乡的思念，
　　我们是肖邦的叙事曲，
　　是圣母玛丽亚的编织物。

---

① 地名，在俄国。
② 吉普赛人总是到处流浪，居无定所。

康斯坦丁·伊尔德丰斯·高乌钦斯基

可是会有一个少女
把我们高高地举起,
举到九霄云上,
到那时,我们会把一切全都忘记,

举到九霄云上是我们的光荣,
华沙啊!华沙的旗帜。

华沙是一支歌,
华沙是白色和红色的华沙。

红得就像一杯葡萄酒,
白得就像一场雪崩,
白色和红色,
白色和红色,
啊!白色和红色。

1944 年 10 月 1 日

亚当·瓦日克

　　亚当·瓦日克(Adam Ważyk,1905—1982),诗人、作家,战前参加过波兰先锋派诗歌的创作活动,德国法西斯侵占波兰后,先后在波兰爱国者和共产党员领导的《新视野》杂志和俄罗斯的萨拉托夫和古比雪夫的广播电台文艺部当过编辑。波兰第一军在苏联建立后,任军队剧团的文学部主任。1944年,波兰第一军配合苏联红军解放波兰,他随军回到波兰,战后担任过《打铁坊》周刊和《创作》月刊的编辑和主编。1952年访问过中国。有诗集《信号旗》(1924)、《眼睛和嘴》(1926)、《手榴弹之心》(1943)、《车厢》(1963)和长诗《写给成年人的长诗》(1055)、《迷宫》(1961),短篇小说集《穿栗色衣的人》(1930),长篇小说小说《穿灰衣的人》 (1930)、《灯塔照亮了卡尔波夫》(1933)、《家庭的神话》(1938),随笔集《朝着人道主义的方向》(1949)和学术研究著作《密茨凯维奇和诗的格律》。此外他还翻译出版过一系列法国、俄国和苏联文学作品。

回答

牺牲者面对着鲜血染红的
华沙的城墙,问道:
您将怎么为我报仇?

我们的回答是：
>以血还血。

当敌人来侵犯我们的国土时，
当敌人侮辱妇女和杀害儿童时，
您将采取什么行动？
我们的回答是：
>以剑还剑。

如果敌人亵渎我们的语言，
您将采取什么行动？
您对他们怎么回答？
我们的回答是：
>手榴弹。

这不生不死的状态，
难道还能继续维持？
是等待灭亡，还是谋求解放？
我们的回答是：
兄弟，拿起武器！

新闻报道

说一个战士，在战斗，在林子里被打死了，
说一个农民，有了土地，在他的家里被杀害了，
说一个犹太人，获救了，在路上又被打死了，
这些都是关于现代生活的报道，是那么苦涩，
还有对一百个傻子的判决，是为了警示后人。

波兰现代诗歌选

　　林子里隐藏过游击队员，

　　可对那些牺牲者的赞颂却是一种讽刺，

　　说一个战士，在战斗，在林子里被打死了。

　　说有个地方一家磨坊发生了火灾，

　　磨坊主人失去了一切，有泪无言。

　　说一个农民，有了土地，在他的家里被杀害了，

　　说一个犹太人，获救了，在路上又被打死了，

　　可为他们举行悲哀的葬礼，又引起了市民的笑话，

　　骗子在家里玩着打仗的游戏，

　　有人夜里还听到了狼群的号叫，

　　对一百个傻子的判决，是为了警示后人。

　　未来就像射出的子弹卷起的一阵风，

　　它会吹回来，它能医治伤痛，

　　说身体受伤，或者过多的赞誉

　　会使人感到死的荒谬，死的毫无意义，

　　都在这关于现代生活的苦涩的报道里。

1946 年

大松树在哪里

大松树和白杨树在哪里①
荷拉斯②

　　大松树和白杨树在哪里，

---

① 原文是拉丁文。
② 荷拉斯（公元前 65—公元前 8 年），古罗马诗人。

亚当·瓦日克

维斯瓦河上的风什么地方会在你的耳边吹响，
那里就有荷拉斯的这首诗，
因为它很早就掉进了那里的一个深渊。

它掉进了一个千百年的深渊，
二十年前我来到了这里，
发现有一株奇怪的白杨。

它和我一起，度过了艰难的岁月，
它经受过死的考验，懂得什么是仇恨，
它带领我渡过了七条大河，
我永远铭记在心。

当它变成一株拉丁的松树的时候，
它在古罗马也会成为一株白杨，
生长在维斯瓦河畔，永远生长，
在那里遭受痛苦，永远生长。

卡齐米日·鲁西内克

卡齐米日·鲁西内克（Kazimierz Rusinek，1905—1984），记者，波兰工人运动活动家。战后曾任波兰统一工人党中央委员和文化艺术部副部长。

我的祖国最可爱

为纪念死于华沙集中营的波兰工人党医疗手术队队长耶日·格罗姆科夫斯基博士而作

和你告别是我最大的苦痛，
我的伤并不可怕，可怕的是我知道，
即使母亲宝贵的手，也合不拢我的眼睛，
我从此不能回到祖国收割庄稼，
别了，我的塔特雷山，我的游戏，
别了，我的纳尔卡，
你的格热拉将永远留在异土他乡。

我再不能在故乡的花岗岩上雕塑我的丘帕格[①]

[①] 波兰南方山民跳舞时手中握的一种代表身份标志，是用木头雕成形状像斧头形状的东西。

卡齐米日·鲁西内克

我再听不到卡斯普罗韦山顶上①棕树的沙沙声响……
我的心会在思念中爆炸,我的痛苦无可言状,
我再也见不到梦中的祖国。

但我可以告慰先灵,黎明即将来到,
暴风雨过后,升起了太阳,
东方的日出,向我们放射着万丈光芒,
历史的审判书宣告,
罪恶永远不会被人遗忘,
审判的一天终将来临,
请相信我的忠言!

我的话虽然说得厉害,但也普通和明确,
因为它是我的肺腑之言,就像我的心灵一样。
生活就是煎熬,我受过多少煎熬?
曾目睹多少人的堕落和背叛?
为了不至丧失我的信念,
我把我的心思看成宝物一样,
我要将它深深地埋藏,
为了子孙后代,
为了你,新的波兰。

亲爱的同志!
你们如果喜爱我的宝物,
那就请到我的心中来吧!
我要告诉你们,

---

① 塔特雷山的一座山峰。

我心中最珍贵的宝物就是我的祖国,
她比世界上的任何宝物,
比世界上的一切都更加珍贵。

1943 年

扬·什恰维耶伊

扬·什恰维耶伊（Jan Szczawiej，1906—1983），诗人、政论家、文学评论家。有诗集《石头月亮》（1949）、《川花揪果，1929—1965 年的诗》（1965）、《白天和黑夜的斗争》（1976），散文集《好的和坏的果子》（1959）、《敲石打火》（1969）等。还曾编辑整理《民间诗歌选》（1969）和《1939—1945 年波兰地下诗歌选》（1957）。

保卫华沙之歌

只要大火还在我们的心中燃烧，
只要房屋还在倒塌，手榴弹还在爆炸，
我们的兄弟还在牺牲，还在遭受无尽的苦难，
为了抵抗十字骑士的进犯①，我们就要保卫华沙。
法西斯强盗还没有投降，
我们就找不到通往自由的道路，
诗神，在火中，在暴风雨和仇恨中诞生的诗神！

---

① 十三世纪和十四世纪初，波兰北部沿海一带有过一个日耳曼骑士团，叫十字军骑士团，常进犯波兰北部的玛佐夫舍地区和东边的立陶宛。波兰和立陶宛联军 1410 年在格隆瓦尔德把他们打得大败。这里用十字骑士团比喻德国法西斯。

波兰现代诗歌选

请用你那钢铁般的坚强的歌,去打击敌人!

啊!自豪的首都,美丽洁白的城市!
您古老的历史,哺育着自由的精神。
民族的大旗在街上飘舞,
幸福的人群面露笑容,
维斯瓦河像一条蓝色的带子,流过市区,
把东方和西方,把我们的命运和大海连在一起。
大海拍击着河岸,夜莺在密林中歌唱,
水上的驳船把香喷喷的粮食运往四面八方。

教堂上的十字架在阳光中闪烁,
来这里祈祷的,是统帅和国王。
每个街口都刻着许多名字,
因为他们用双手建设过波兰;
还有多情善感的艺术家和伟大的天才,
他们创造了新的生活和民族的文化,
这就是城里的房屋和诗中的语言,
这就是追踪着天上的彩云转瞬即逝的音乐,
这就是古老的习俗和勇敢的骑士,
这就是同仇敌忾血战到底的精神。
玛佐夫舍虽然长满了荆棘和杂草,
可是这里埋葬着祖先的骸骨,万世不朽的骸骨。
我们的世界是一个自由的世界,一个辽阔、美丽、富饶的世界,
我们的生活充满了伟大的创造精神,展示了引以自豪的宏愿。
(因为这里有工厂、图书馆和作坊,这里建起了自由的

宝塔。)

  一个野蛮的部落,你将受到世人的唾骂。
  一个没有自尊和自信的民族,你会变成疯狂的罪犯;
  在你的历史上,失败的一天终会来临。
  到那时,整个世界都将燃起熊熊的大火。
  你,一个凶恶的士兵,千百年来,
  你以牺牲别的民族为代价,赢得自己的生存;
  可是你也必将遭到失败,
  (法西斯男人、女人都会死光,)
  还把耻辱永远留给你的后代。
  你只有在堕落和绝望中,在饥饿和疾病中,
  才能找到你的自信,才会知道你的未来。

  寂静的夜空中响起了第一颗子弹,
  它钻进了黑色的土地,穿透了我们的身躯。
  法西斯的暴力如惊涛骇浪,滚滚不息,
  它在田野里发出轰隆巨响,在森林里闪着金光,
  它向我们抛来了无数的坦克,喷射着一束束火焰,
  点点露珠被烧伤,发出了痛苦的呻吟。
  这是一个农家的孩子,倒在一堵墙下。
  这一束束火焰给人民带来了死亡,
  自由遭受蹂躏,神圣被踩在脚下
  为了反抗强暴,人民作出了牺牲。
  这是仇恨,是坚贞不屈,是光荣的牺牲,
  光荣属于斯托霍德、凡尔登和马恩的士兵。

  老城上来了外国飞机,

波兰现代诗歌选

剧烈的爆炸震响长空，
刽子手、纵火犯在作恶行凶，
他们瞄准了国王的城堡和教堂上的十字架。
远方的炮声愈来愈大，愈来愈密集，
敌人已逼近了首都的大门。
华沙，骄傲美丽的华沙拿起了武器，
人民在城中筑起了街垒。

下令开火吧，穿棕色军服的将军！
这是反抗，这是波兰的骄傲，这是无耻的背叛；
你在狂呼，你在怒吼，你的军装真可怕。
命令已经发出，炮兵严阵以待，
森林里响起了隆隆炮声，吐出了一团团火焰。
长笛在凄声地奏鸣，飞鸟被大火烧尽，
坠落在城堡上，坠落在议会大厦和博物馆的墙上。
这里是剧院？不，这里的烟火直冲云天，
大火烧毁了我们的房子，大炮炸死了我们的孩子，
把他们花朵样没有防卫的身躯撕得粉碎。
整个首都闪着白色的火光，
日日夜夜听到手榴弹四处爆炸。

人行道上修起了士兵的坟墓，
坟前叉着两根树枝，坟上盖着死者的头盔。
有谁知道，这个士兵已经多少日子没有见到太阳？
他那颗心虽然没有死去，
但它已从高山之巅掉进了深渊。
它像一个怕火的幽灵，在四处逃窜，
它遇到了被炸毁的纪念碑，遇到了暴风雨般的灰烬，

扬·什恰维耶伊

它从博物馆和图书馆里飞出来后,又盘旋在一个人的头上,
它见到了许多没有清理的尸体和坚贞不屈的面孔,
它见到了握在一双僵死的手中的宝剑。
十字军鬼子没有把华沙征服,
华沙不会投降,华沙在抵抗。

街上横着一道道战壕,布满了铁丝网,
堡垒就是电车,就是倒翻在地的灯杆。
光荣,光荣属于战士,光荣永远属于战士,
一个东方发白的早晨,就决定了我们的命运,
血红的大火在蔓延,殊死的战斗不停息。
这是光芒四射的首都,这是骄傲勇敢的首都,
沃拉在顽强地抵抗,布拉加①在勇敢地战斗,
士兵和群众:个个坚守在战壕里。
你要看看这里的地狱吗?它就在你的眼前,
你们的权利已不存在,它将永远属于我们,
头脑简单的蛮子,疯狂一时的刽子手!
胜利属于我们,死神在向你们招手。
大地仍在响着隆隆的炮声,
可是街道已经变成了废墟,城堡只留下灰烬。
为了保卫教堂上的尖塔,为了蔚蓝色的南方,
为了大片的墓地,为了光秃秃的烟囱,
为了自由的权利,为了人的尊严,
华沙在抵抗,在战斗,华沙赢得了胜利。
流氓和恶棍妄图野蛮地征服华沙,
华沙不可征服,华沙叫他们灭亡。

---

① 沃拉和布拉加是华沙的两个城区。

斯坦尼斯瓦夫·雷沙尔德·多布罗沃尔斯基

斯坦尼斯瓦夫·雷沙尔德·多布罗沃尔斯基（Stanisław Ryszard Dobrowolski, 1907—1985），诗人、作家，波兰被德国法西斯占领期间，参加过宣传波兰文学的秘密活动，和 1944 年爆发的华沙起义。战后在 1945 和 1946 年间，担任过波兰作家协会副主席。有诗集《告别泰尔姆皮尔》（1929）、《自画像》（1932）、《预言》（1934）、《我们的事情》（1953）、《房子和其他的诗》（1964），长诗《回到维斯瓦河边》（1935）、《瓦尔特尔将军》和短篇小说集《华沙札记》（1950）、《华沙札记第二卷》（1955），长篇小说《我们的时代》（1961）、《艰难的春天》（1961）和《蠢事》（1969）等。

也许

也许别的地方更美，
夜晚繁星满天，清晨更加明亮，
草地更绿也更丰满，
鸟儿在枝头唱得更加动听，

斯坦尼斯瓦夫·雷沙尔德·多布罗沃尔斯基

  也许，可那是别的地方，在我的心上，
   维斯瓦河的歌，玛佐夫舍的土地更加珍贵。

也许有峡谷里的黄昏，金字塔的倩影，
极地的霞光，椰子树下的梦，
五彩缤纷的蝴蝶，童话故事里的花园，
美丽的花园城市。

  也许，可那是别的地方……在我的心上，
   维斯瓦河的歌，玛佐夫舍的土地更加珍贵。

也许，也许别的地方一切都更加美好：
鸟儿，星星，歌和空气，
那里的人民也更幸福，
那里的大树比水边的白杨更令人喜爱。

  也许，可那是别的地方……在我的心上，
   维斯瓦河的歌，玛佐夫舍的土地更加珍贵。

特洛亚的城墙

有人骗了你们，你们受骗了。
你们在哀求："天主啊！饥饿，
大火和战争在威胁我们，救救我们吧！"
这声音虽传遍了所有的地方，
可它是一个孤独的声音，
天上没有救世主，
谁都听不见，是白费，

波兰现代诗歌选

　　你们受骗了。
　　那些倒在特洛亚的城墙上在我们这里又得救了,
　　我们只有勇敢的战斗
　　才能得到拯救。

卢齐扬·辛瓦尔德

卢齐扬·辛瓦尔德（Lucjan Szenwald，1909—1944），诗人，在1932和1938年参加过波兰共产党，1939至1941年在乌克兰的利沃夫参加了苏联红军，1943年又参加了以塔杜施·科希秋什科命名的波兰第一步兵师和在列尼诺的战斗①，后死于一次空难。有诗集《夏夜之梦》(1935)、《从好客的土地到波兰》(1944)，战后在1946年也出了他的《诗集》。

尤泽夫·纳捷亚中亚的来信（选其中两段）

一

我是有病缠身的波兰人民的儿子，
我也生了病，但我忠诚又勇敢，
我从小吸吮着波兰话的乳汁，
是波兰文的字母给了我光明。

---

① 列尼诺 Lenino，地名，在白俄罗斯，波兰塔杜施·科希秋什科第一步兵师参加的苏联红军1943年10月12和13日在这里和德国法西斯军队打了一仗，并且取得了胜利，这也是波兰军队在第二次世界大战中和德军打的第一仗，为纪念这次战役的胜利，定每年10月12日为波兰的建军节。

波兰现代诗歌选

我坚信，波兰不会亡，
她会在荣光中获得新生，
为了她的新生，
我愿讲述下面这个故事。

头戴红星的大军①
在战场上从胜利走向胜利，
我惊叹他们的力量，赞美他们的勇敢，
我看到了，这是我们一起战斗的力量。

有两道命令，俄罗斯的命令和波兰的命令，
要我们肩并肩，一起战斗，
消灭普鲁士的恶狗。

请接受我当一名
波兰人民军队的战士！

二
在课堂里的一张破旧的课桌上，
我读过祖国波兰的历史，
耶得列克、沃伊泰克和马切伊②
曾名扬天下。

有个波兰人手持钢抢，站在友军的阵地上高喊：

---

① 这里是指在第二次世界大战期间，波兰共产党人在苏联建立的波兰第一军，曾经和苏联红军并肩战斗，消灭德国法西斯，解放了波兰。
② 这些都是波兰文常用的人名，这里的意思是许多波兰人却曾名扬天下。

卢齐扬·辛瓦尔德

"为了你们和我们的自由!"
他如果倒下,手里也高举大旗,
因为友军的炮声在护卫他。

我们这些流浪者,现在在哪里?
我们的军刀像彩虹一样,在我们胸前闪光。
扬·东布罗夫斯基①和雅罗斯瓦夫·东布罗夫斯基②在哪里?
科希秋什科③,贝姆④和卡齐米日·普瓦斯基⑤在哪里?

请给我一挺机枪!我要将它搬到阵地上,
对准敌人的脑袋,对准敌人的心脏!

请接受我当一名
波兰人民军队的战士!

1943年

---

① 扬·东布罗夫斯基(Jan Dabrowski, 1755—1818),波兰军事统帅,1797年曾在意大利建立"军团",为恢复波兰的独立而战。
② 雅罗斯瓦夫·东布罗夫斯基(Jarosław Dabrowski, 1836—1871),波兰军事统帅,参加过巴黎公社,在战斗中牺牲。
③ 科希秋什科(Tadeusz Kościuszko, 1746—1817),波兰军事统帅,1794年曾领导著名的波兰人民反抗沙俄和普鲁士压迫的民族起义。
④ 贝姆(Józef Bem, 1794—1850),波兰军事统帅,参加过1830年11月在华沙爆发的波兰抗俄民族起义。后又领导了1848年匈牙利革命。
⑤ 卡齐米日·普瓦斯基(Kazimierz Pułaski, 1747—1779),波兰军事统帅,参加过波兰贵族的爱国组织:巴尔同盟,1777年以后,又参加过美国独立战争。

列昂·帕斯泰尔纳克

列昂·帕斯泰尔纳克（Leon Pasternak，1910—1969），诗人、作家，20世纪30年代参加过波兰共产党，1939至1942在利沃夫任《红旗》杂志编辑，1943年参加以塔杜施·科希秋什科命名的波兰第一步兵师。后又担任讽刺刊物《斯坦奇克》的编辑。有诗集《对面》(1935)、《云雾蒙蒙的一天》(1936)、《远处传来的话》(1944)、《生活的线条》(1948)、《愤怒的诗》(1949)、《记忆》(1969)和讽刺作品《杀害无辜的少年》(1946)，长篇小说《沃姆茹城的公社》(1952)，短篇小说集《火热的生活》(1976)等。

华沙的马路

这里有我们的战士——流浪者，
他们手中的枪在阳光下闪闪发亮，
他们的背包里有绑腿和干粮，
这是他们的权利，他们战斗的武器。

尘土满天飞扬，这条马路不寻常，
从前没有人走过，现在指引他们走向前方，
这是波兰的军队，穿越了池沼和森林，

列昂·帕斯泰尔纳克

但不管在哪里,都只有一个名字:波兰兄弟。

庄稼汉和庄园主,在一起是兄弟,
过去是士兵,被流放的囚犯,
西里西亚的流浪汉,满头白发的军团战士,
都走在这条马路上。

还有 Bereza① 的囚犯
当过旗手的伯爵和泥瓦匠
拉多姆的钳工和奥姆斯克②的木匠,
都全副武装。

还有费尔干纳的拖拉机手,
塔特雷的山民和西伯利亚流放者的后代,
他们满面尘土,骨瘦如柴,
虽有不同的信仰,都是我们的兄弟。

不管是工兵连的上尉还是火枪队的少校,
就是在西伯利亚原始森林里,也没有忘记他们的波兰话,
因为那里有波兰语教师,星夜在军营里,
叫他们不要忘记兄弟的语言。

炮台架起来了,这里有个诗人,
不知道他在想着什么?

---

① Bereza Kartuska,地名,在白俄罗斯,波兰战前资产阶级政府曾在这里设立集中营,用来关押波兰共产党人和持不同政见者。
② 这些地方都在波兰。

波兰现代诗歌选

还有一个画家和穿上了游击战士军装的少女,
他们也都是满面尘土,汗流浃背。

我不问你是谁?也不斜着看你,
我只叫你拿起枪,对准德国人的心脏,
我们的口号是:战斗和复仇,这条马路不寻常。

我们走在这条马路上,历史就在我们的脚下,
我们的步伐是那么整齐,那么坚定,
因为我们知道,不管去哪里,
都要紧握手中枪,夺回我们失去的自由。

1943 年

切斯瓦夫·米沃什

切斯瓦夫·米沃什（Czesław Miłosz，1911—2005），波兰著名诗人，生于立陶宛维尔纽斯附近的谢泰伊涅，他战前出版的作品有《关于凝冻时代的长诗》（1933）和诗集《三个冬天》（1939）。1939年德国法西斯侵占波兰后，他在华沙参加过波兰语言和文化的秘密宣传活动，1940年出版了《诗集》。战后出版的第一部诗集《解放》（1945）收集了他战前和战后初期发表的一部分诗歌。1951年以后旅居国外，先在巴黎住了十年，出版了诗集《白昼之光》（1953）、《诗论》（1957）和小说《权利的攫取》（1953）、《伊斯塞谷》（1955）等。1960年以后，他移居美国，出版了诗集《波别尔王和其他的诗》（1962）、《中了魔的古乔》（1965）、《没有名字的城市》（1969）、《太阳从何方升起，在何方下落》（1974）和英语版《诗歌集》（1973）等。米沃什因为"在自己的全部作品中，深刻地揭示了人在充满着剧烈矛盾的世界上所遇到的威胁"，表现了"人道主义的态度和艺术特点"，于1980年获诺贝尔文学奖。

歌

她
我站立的这块土地离开了河岸，

它上面长着的草和树却愈显明亮,
梨树的枝芽,
小白桦树的光。
我看不见你们,
因为你们和疲惫的人一道已经走远,
和像飘忽不定的旗帜一样的太阳,
一同跑到了夜的那方。
我怕我单独一人留在这里,
除了我的身躯,我再没有别的。
我的身躯在黑暗中闪闪发亮,
宛如星星叉着它的双手。
我最害怕看我自己,
冬天啊!你切莫把我抛弃!

合唱

河里的冰块早已流逝,
岸边长起了茂密的树叶,
铁犁在田里开始耕耘,
林子里的野鸽发出咕咕的叫声,
羊儿在山间奔跑,快乐地歌唱,
百花盛开,园子里春意盎然,
孩子们踢着球,三三两两在牧场上跳舞,
女人在溪头洗衣,还要去水里捞取月亮,
人世的快乐,都来自土地。
没有土地就没有快乐,
人属于土地,
对土地尽管提出了各种要求。

切斯瓦夫·米沃什

她
你别诱惑我,我不需要你。
走开!我亲爱的妹妹!
我依然感到你在吻我,
你的吻在我的颈上燃烧。
我和你一起度过的那些相亲相爱的夜晚,
就像乌云烧成灰烬一样地苦涩。
红漾漾的黎明笼罩着夜空,
湖上飞来了海鸥一群。
我悲伤,却不能哭泣,我只好躺在地上,
默默地数着清晨的钟点,
聆听着冬天枯萎了的白杨树的嗖嗖声,
主啊!请您赐我以怜悯!
请允许我离开这鄙吝的土地,
我不愿再听它那些虚伪的颂歌。

合唱
纺车在不停地转,鱼儿在网罟里跳,
烤熟的面包发出了阵阵清香,
苹果在桌上来回奔跑,
夜降临到楼梯上,
楼梯乃活的躯体所造,
万物都生于土地,土地乃万物之本。
超重的轮船向海面倾斜,
因为是亡命之徒在驾驶。
牲畜在摇头晃脑,蝴蝶掉落在海中,
篮子在黄昏中流浪,朝霞藏在苹果树中,

万物都生于土地,万物将归于土地。

她
啊!如果我有一粒没有生锈的种子,
只要有一粒能生根发芽的种子,
我就可以睡在摇篮里,
在这里迎接黄昏,见到黎明,
我要静静地等待,直到万籁俱寂。
在我面前出现了几张宛如盾牌的陌生的脸,
他们瞅着田野里的花和石头,
他们都是为欺世盗名而活着的人,
就像海底的水生植物,
就像林中树上的枝叶。
可是谁能从天空透过白云看见这座森林?
我害怕,
黑浪滚滚冲我来了。
我是一阵风,将消失在幽深的海底,
将一去不回来,
刮起了黑魆魆的牧场上的尘土。

最后的声音
铁厂里的榔头在叮当作响,
有人弯着腰身,在锻造镰刀,
他的头在火光照耀下闪闪发亮。
屋子里燃起了一堆柴火,
疲倦的学徒工躺睡在桌上,
火盆里烟雾腾腾,蟋蟀发出了瞿瞿的叫声。
岛上的野兽都在熟睡,

切斯瓦夫·米沃什

在洞里呼噜不停，
洞上飘浮着一朵朵白云！

维尔纽斯①，1934 年

彷 徨

当莫科托夫的苹果树涧落的时候，
我聆听着一首华沙的歌。
萧瑟秋风阵阵吹来，
丝丝细雨落在荨麻树上。

沉默的首都啊！你是多么凄凉。
梦中的摇篮啊！你是多么凄凉。
塔顶在燃烧，漫天烟火。
风儿淅沥，吹拂着一幅幅古画。

云雾中的桅杆，日暮后的房子，
都睡在覆盖着报纸的荒漠上。
夜来临了，漆黑一片。
这是被知识的手抛弃的夜，这不是梦。
这是死亡，这不是梦。

你的房子在哪里？
有人见它在迷茫的远方。
是在太阳斜幕的后面，

---

① 地名，在立陶宛。

波兰现代诗歌选

还是在那永不熄灭的火花后面?

蜜蜂嗡嗡地叮着一块明净的玻璃,
它们不知,穿过玻璃可以飞向大千世界。
我聆听着一首华沙的歌,
当友谊之火燃烧的时候。

这张脸方才显露,却又倏然不见,
它捉摸不定,如同飞逝的子弹。
在蜡黄的夜里,脸上闪烁着火花,
它变得苍白,就像一根着火的电线杆。

这不是屠杀,不是饥饿,不是秋天村里的大火;
这是夜,是视线的温泉,是折不断的电线杆。
梦的黄昏,降临到荨麻地里,
朵朵白云,笼罩着茫茫大地。

如果心灵懂得战争,理解战争,
它就不能一瞬间把城市举起。
我聆听着一首华沙的歌,
一部尚未完成的作品在黑暗中惨遭焚毁,
在半石头、半空气的圆柱大厅里惨遭焚毁。

华沙,1941 年

牧 歌

微风在园中唤起一阵阵花浪,

切斯瓦夫·米沃什

就像那静谧、柔弱的大海。
浪花在绿叶丛中流逝,
于是又现出花园和绿色的大海。

翠绿的群山向大河奔去,
只有牧童在这里欢乐歌舞。
玫瑰花儿绽开了金色的花瓣,
给这颗童心带来了欢娱。

花园,我美丽的花园!
你走遍天涯也找不到这样的花园,
也找不到这样清澈、活泼的流水,
也找不到这样的春天和夏天。

这里密茂的青草在向你频频点头,
当苹果滚落在草地上时,
你会将你的目光跟踪它,
你会用你的脸庞亲昵它。

花园,我美丽的花园!
你走遍天涯也找不到这样的花园,
也找不到这样清澈、活泼的流水,
也找不到这样的春天和夏天。

华沙,1942 年

波兰现代诗歌选

华沙

诗人啊！在这个风和日丽的春天，
在教堂的废墟上，
你将做些什么？

当维斯瓦河吹来的微风，
扬起废墟上红色的尘土，
你在想些什么？

你曾发誓，
说你永远不会悲伤哭泣；
你曾发誓，
说你不触民族的伤疤。
你民族的伤疤不会成为圣物，
不会成为令人诅咒的圣物，
不会成为传宗接代的圣物。

安提戈涅[①]在低声哭泣，
她要寻找她的兄弟。
她的忍耐超乎寻常，
她的心如铁石般的刚强，
在这里藏着爱，
就像昆虫一样的爱，

---

① 古希腊戏剧家索福克勒斯（Sophokles，约公元前496—公元前406）的悲剧《安提戈涅》的女主人公。

她爱她的遭遇不幸的土地。

我不能像她那样爱，
这不是我的本意；
我不能像她那样怜悯，
这不是我的本意。
我的毛笔比蜂鸟的羽毛
更加柔软；我的胎儿
非我的力量所能承受。
这里用脚，随处可以碰到
亲人未被埋葬的尸骨，
我却为何非住在这里不可？
我听到了说话，看见了笑脸；
可是我却没法写作，
因为有五只手抓住了我的笔，
命令我写它们的历史，
它们的生和死的历史。
难道我生下来，
就是为了成天地悲伤和哭泣。
我要尽情地欢乐，
我要歌唱这座快乐的森林，
是莎士比亚把我带进了这座森林。
如果你们的世界就要灭亡，
就让诗人也纵情欢乐。

疯癫的生活没有笑声，
只重复着一个字：死亡。
这死亡属于你们，

也属于我。
这里在举行婚礼,
这里有思想,有行动,有歌声,有娱乐。
这里只有两个词可以拯救你们:
真理和正义。

克拉科夫,1945 年

你侮辱了

你侮辱了一个老实人,
你嘲笑他的屈辱和苦痛,
在他身边有一群小丑,
有意混淆是非和美丑。

虽然大家都向你点头躬身,
说你既有美德,又很聪明,
授予你金奖,又把你频频赞颂,
他们为此,自己也得意忘形。

你切莫就此心安理得,
一位诗人已把你的言行铭记在心,
你若要把他杀死,
新的诗人又会诞生。

冬天的清晨对你的健康虽有裨益,
可绳索和枝芽压在雪下却无法生存。

华盛顿,1950 年

切斯瓦夫·米沃什

歌谣

致耶日·安杰耶夫斯基①

平地上立着一株灰色的树,
母亲坐在它小小的影子下,
她给煮熟的鸡蛋剥去了壳,
还慢慢喝着那瓶子里的浓茶。
她看见了一座未曾有过的城市,
它的城墙和古塔晌午时光亮闪烁,
母亲从墓地里回来,
望着那一群群飞翔的野鸽。

儿子呀!朋友已经把你忘记,
同学们谁都记不起你,
未婚妻生下了孩子,
她在夜里也不会想你。
他们在华沙建起了纪念碑,
却没刻上你的名字,
只有母亲,她活着的时候,在惦记你,
你曾是多么可笑,多么幼稚。

加伊齐②满身尘土,长眠地下,
他只活了二十二个年头;

---

① 耶日·安杰耶夫斯基(Jerzy Andrzejewski,1909—1983)波兰现代作家。
② 塔杜施·加伊齐(Tadeusz Gajcy),波兰诗人卡罗尔·托波尔尼茨基(Karol Topornicki,1922—1944)的笔名,死于1944年华沙抗德起义的战斗中。

波兰现代诗歌选

今天他失去了眼和手,失去了心灵,
不知什么是春天,什么是严冬。
江河年年流下的冰块发出了叮当的响声,
一朵朵银莲花盛开在阴暗的林子里。
人们把野樱花充塞在瓦罐里,
聆听着杜鹃鸟是怎么算命。

加伊齐长眠地下,他任何时候也不会知道,
华沙战役失败,什么也没有留下,
他曾战斗死去的那个街垒,
已被这破裂的双手拆掉。
大风吹来,卷起一阵红色的尘土,
大雨过后,夜莺也唱完了它的歌,
泥瓦匠在白云下高声吼叫,
他们盖起了许多新的房屋。

儿子呀!有人说,因为你曾捍卫这不善的事业[①]
你应当感到耻辱,
可我不能和你谈话,
我什么也不知道,让上帝判决!
你手中萎谢了的花已落入尘屑。
我的独生子呀!请你原谅!
在这大旱的年头,时间不多了,
我到你这里来,还要从这么远的地方把水送来。

[①] 指参加华沙起义。这次起义是当时流亡伦敦的波兰战前政府领导的国家军发动的,战后对这次起义有过不同的看法。

切斯瓦夫·米沃什

母亲在树下理好了头巾,
天上鸽子的翅膀闪闪发亮,
她沉思遐想,四处张望,
她看见宇宙太空这样遥远,遥远,
她看见电车正往城里跑去,
还有两个年轻人在后面追赶,
母亲在想,他们能够赶上,还是赶不上?
他们赶上了电车,在车站坐上了电车。

1958 年

农民国王

我不会用叉子进餐,你们却将王冠压在我的头上;
我最害怕魔鬼,魔鬼偏把毛皮套在我的身上。
一个满身绫罗绸缎的女人,她就是我的妻子。
侍从使女都在我的身边,像怕我听不够他们的美言。

嗡嗡叫声常伴我耳际,有人手舞足蹈,有人要进谗言。
一句话本可直说,却得拐弯抹角,不吐真言;
表面上道貌岸然,嘴里却谎话连篇;
本来是满头疮疤,还说像蝴蝶般俊美。

我整天瞅着他们,就像把他们当成疯人,
但我闭上眼皮,佯装熟睡,佯装什么都没有看见,
他们的言行举止,已永远记我心间,
因为这世界就是这样,另一样的我从未见过。

仇恨之火在我的心中燃烧,

波兰现代诗歌选

这盏灯使我感到方便，这个火把给我带来了欢乐，
可是从我瘦削的脸上，谁也猜不到我在想些什么，
因为我非这样不可，不能另一样地生活。
只有在他们手舞足蹈，阿谀奉承中，
我才感到，我是火，我是燧石，我是钢。

1959 年

这座城市灯火辉煌

这座城市灯火辉煌，当我许多年后来到这里。
它的生活已经改变，吕特伯夫①和维庸②的时代已成往昔，
一代又一代的诞生，一出又一出戏在表演。

女人用崭新的铜镜梳妆打扮，
这是为了什么？我却没法说清。
我的肩上挑着重担，就像地球中轴压在我的身上，
我要把我的骨灰罐子埋在这座森林旁。
这座城市灯火辉煌，当我许多年后来到这里。
我走进了我的房子，它在花岗岩博物馆的橱窗里，
它在黑睫毛和石膏瓶的旁边，
它在埃及古书上的饰带旁边。
这里只有一个黄金铸成的太阳，
在阴暗的地板上，可听到蹀躞的脚步声。

这座城市灯火辉煌，当我许多年后来到这里。

---

① 吕特伯夫（Rutebeuf，约 1230？—约 1285），法国中世纪诗人。
② 维庸（François Villon，1432—1463？），法国中世纪诗人。

切斯瓦夫·米沃什

虽然这里没有活人,我仍将大衣遮着我的面孔。
如果有人记得它还有许多债务没有还清,
那么它的耻辱可以抹去,它的丑行将得到宽恕。
这座城市灯火辉煌,当我许多年后来到这里。

巴黎,1963 年

求教

人的智慧尽善尽美,不可征服,
无论是叫它坐牢,将它流放,还是把书都烧光,
都不能使它屈服。
它用语言表现了包罗万象的思想,
它拉着我们的手,
叫我们用大写写下两个字:真理和正义,
叫我们用小写写下两个字:谎骗和屈辱。
它告诉我们,什么应当促成,什么应当去做。
绝望的敌人,希望的朋友,
它既不知犹太人和希腊人有什么不同,
也不承认奴隶和主人有什么区别。
它在政府机关里把公共财富给我们分享,
它郑重宣布义正词严和无耻谩骂有天渊之别,
又说这理直气壮和无理取闹乃泾渭分明,
它告诉我们,所有的一切在阳光下将日新月异。
它伸出了手,这双手从来就很健壮有力,
它是一位哲学家,既年轻,又漂亮。
它和诗歌是志同道合的好友,
要为美好事业一起奉献青春。

大自然昨日才庆贺它的诞生,
可是这消息却像雷鸣闪电响彻长空。
它和大自然的友谊光荣伟大,也没有时空的限制,
它使大自然的敌人都无处藏身。

我忠实的母语

我忠实的母语!
我要为你效劳。每天晚上,
我要在你跟前摆上一盘颜料,
将我记得的白桦树、螳螂、灰雀
都画在你身上。

这已经很多年了,
你就是我的祖国,因为我没有祖国。
你会在我和善良人之间,
建一座友谊的桥梁,
尽管这些善良人只有二十,只有十个,
或者还没有诞生。

可今天我对一切都表示怀疑,
因为我感到我虚度了一生,
我以为你是鄙俗者的语言,
是愚昧的人和复仇主义者的语言,
他们对自己的民族比对异族更加仇恨。
我还以为你是和你亲近的人的语言,
是混血儿的语言,
是幼稚病患者的语言。

切斯瓦夫·米沃什

如果没有你,我会变成什么样的人?
我会在遥远的国度当一名教师,
在那里我不会感到害怕,遭受屈辱。
如果没有你,我会变成什么样的人?
我会和所有的人一样,当一个哲学家。

我知道,这就是我受的教育。
对个性的赞美已经过时,
罪犯也失去了道德和理智,
一块红色的地毯铺在荣誉之上,
可那着魔的灯塔,
却在描绘一幅人和上帝受苦受难的图画。

我忠实的母语!
我要把你救出深渊,
我要把一盘颜料摆在你跟前。
这颜料既淡雅,又洁净,
因为你很不幸,你需要美,需要宁静。

爱情

爱情的意思就是看着自己,
就像看着一些对我们陌生的东西,
因为你也是这许多中的一个。
有人这么看,可他自己并不知道:
他在医治他那充满了各种忧虑的心。
鸟和树都叫他:朋友!

这时候，他要利用自己，利用这些东西，
让它们有充分的光照，他有时候并不知道，
这是为什么服务？但这没关系，
并不是谁只要懂得，他就服务得最好。

礼 物

今天是多么幸福，
我在花园里干活，晨雾早已消散。
蜂鸟飞到了忍冬花上，
世间没有我想要的东西，
也不知道有什么人值得我嫉羡。
有过的厄运，我都忘到一边。
我不羞于想到，我过去怎样，
现在还是这样。我不感到有什么痛苦，
我昂首直背，唯见那湛蓝的大海和海上的白帆。

意 思

当我要死的时候，我才看见了世界看不见的一面，
这是另一面，飞鸟、高山和日落处后面的一面。
只要叫人们读懂真正的意思，
不一致的就会变得一致，
不理解也会得到理解。

如果世界没有看不见的一面，
如果树枝上会唱歌的鸫鸟也不是什么标志，

切斯瓦夫·米沃什

而只是一只树枝上的鸫鸟，
如果白天和黑夜的轮番都过去了，也没注意有什么意思，
那么地球除了土地，它上面什么也没有。

但即便这样，也留下了那不能长久的嘴巴创造的一种文字，
它在奔跑，奔跑，就像一个不知疲倦的特使，
跑到了星星之间的田野里，
跑到了银河系的卷扬机里①。
它抗议，它叫喊，它吼叫。

伯克利，1988

从窗子里望去

在田野、森林和另一片田野那边有一大片水面，像白色的镜子闪闪发亮。
大地在水上显出了金色的底部，
可是大地沉入了大海，像一朵郁金香放在花钵里。

父亲说，这就是欧洲，
它在明朗的白天，看起来像在掌上一样，
许多洪流冒出了气雾，
还有人们、狗、猫和马的住所。

五彩缤纷的城市里的高塔上冒着火花，
就像许多银色的丝线缠在溪水上，

---

① 卷扬机不停地转，这种文字到这里后越转越多，变得更加丰富。

波兰现代诗歌选

月亮上的群山好似那许多鹅毛，
到处都把大地覆盖。

钟点

太阳在树叶中闪光，蜜蜂不停地发出嗡嗡的叫声，
在河那边的远处，还可听到婴儿梦中的嗷叫。
一个钉锤慢慢地敲打，不只给我一人带来了愉悦。
五种直觉的产生比先头还早，
它们都是所有称为终将死去的人们所期待的，
因为他们和我一样都赞美生活，说它是一种幸福。①

伯克利，1972年

飞廉，荨麻

蓟和乔木，荨麻和幼小的颠茄的天敌②

奥斯卡尔·米沃什③

飞廉、荨麻、牛蒡和颠茄
都生长在无人居住的荒漠上，在那里繁衍。
生了锈的铁轨，天空，寂静。
我的子孙后代会把我看成什么人？

---

① 人对生活中出现的各种现象都是通过直觉感觉到的，一个人有了直觉，才能感受到幸福。
② 原文是法文。
③ 奥斯卡尔·米沃什（Oskar Miłosz, 1877—1939），诗人和外交家，出生在立陶宛，曾长期居住在巴黎，用法文写作。

在大声喧哗之后,就会获得静寂的回报,
我得到的回报当然是写诗,
我非得直面那毫无规则的大地,
直面大地的产物:飞廉、荨麻、牛蒡和颠茄,
还有从上面吹来的微风、梦里的寂静和云霞。

相遇

黎明前我们行驶在冰封的大地上,
就像夜里红色的翅膀在高高飞翔。

一只兔子跑了过来,突然出现在我们面前,
有人向它伸出了一只手。

这是以往的事,现在他们都不在了,
兔子和向它伸手的人都不在了。

我心爱的人啊!那过去的闪光和奔跑,
还有冻土里卵石的沙沙声响都到哪里去了?
我问这些不是我感到惋惜,因为我在思考。

维尔纽斯,1936 年

云

云,我最可怕的云,
你就像一颗跳动的心,像大地上的苦痛和悲哀。
云,白色的云、无声无息的云,

波兰现代诗歌选

拂晓时我见到你,眼里满含着泪水,
我知道,我高傲,我太苛求,
我很残酷,我身上有藐视一切的种子。
一上床就被毫无生气的睡梦所缠,
我的欺骗总是涂着最漂亮的色彩,
它掩盖了真理。到那时,我便把眼睛往下看,
一阵朔风扫过我的全身,
既干燥又灼人。云啊!你多么可怕!
你是世界的卫士!云啊,我睡了,
让慈悲为怀的夜把我关照!

草地

割草之前,这是一片丰腴的草地,在河岸上,
在六月骄阳的照耀下,仿佛白璧无瑕的最美好的一天。
我一辈子都在寻找这片草地,我找到了它,和它相识了,
那里花草繁茂,过去就是一个孩子也很熟悉。
我半睁着眼,也看到了那里的闪光,
但是我一闻到那里的芳香,就什么也不知道了,
我突然感到,我消失了①,我流下了幸福的眼泪。

伯克利,1992 年

这一个

一个谷地,谷地上有一片秋色的森林,
一个流浪者在地图的指引下,来到了这里。

---

① 指"我"已经融入了大自然,和草地合二为一了。

或许还记得，很早以前有一次，在阳光照耀下，
这里下了第一场雪。他来到这里，
感受到了欢乐，没有理由，却那么强烈，
他的眼里闪耀着欢乐之光。
可这一切都是有节奏的，像树木的移动，
空中的飞鸟，热情奔放，火车行驶在高架桥上。
许多年后，他回来了，什么也不需要，
他只想有一件最珍贵的东西，
就是完全由自己观察，不用取名，
也没有期待、恐惧和希望的寄托，
一直到"我"和"不是我"的终了。

北哈德利，1985 年

她们

致女权主义者

她们的名字是记不住的：
织补破毛衣的女织补工，
缝制袜子和衬裤的女缝工，
侍卫长的妻子。
厨娘清淡可口的菜饭有益于他的健康，
女仆烫平了他的衬衫，用来参加晚上的表演。
情人和情妇，荡妇、女主人和妻子，
什么思想都会耐心接受的女人，
改变世界的计划，相信天才，
能够严守他不知道的秘密的女人。
她们在微笑，在沏茶，
她们来到了窗子旁，在浇花。

埃乌格纽什·日托米尔斯基

埃乌格纽什·日托米尔斯基（Eugeniusz Żytomirski，1911—1975.），诗人。有诗集《飞机上的丁香花》(1934)、《致友人》(1935)、《第一道命令》(1937)、《冬天的颜色》(1939) 和《抒情诗》(1956) 等。

肖邦

一

肖邦铜像的眼睛不再望着废墟，
它的周围笼罩着一片寂静。
它的身子虽已僵化，但它仍在思念，
如果它能复活，它会重又死去。
这尊石像虽然遭受了劫难，
但它周围依然是柳树成阴。
它们同样感到寂寞，它们为波兰哭泣，
为穷人和流亡者的不幸哭泣，
为堕落和被奴役的人的不幸哭泣，
为死者哭泣，
为被鲜血染红的土地哭泣，
为没有赢得赞美而默默地死去哭泣。

埃乌格纽什·日托米尔斯基

把它们绿色的眼泪
洒在周围的坟地里,
洒在被践踏的国土上和被烧毁的城市里,
因为这里的女人饥肠辘辘,没有眼泪。

狂风席卷着街上的黄叶,
将它们填满了黑色的弹坑,
填满了正在枯干的臭水井,
还将它们覆盖在
由砖头和公园里的坐椅堆起的街垒上。
在铁锈色的黄昏中,
树叶仍在不断地飘落,
飘落在土坑里,飘落在溃烂的伤口上,
飘落在一堆堆碎石上,
飘落在被炸毁的柏油马路上,
飘落在无名英雄墓前的十字架上。
可是有的树叶却向上飞去。
半身裸露的树杆指着死者的眼窝,
就像指向一条通往灾祸、毁灭和死亡的道路。

肖邦虽已死去,但他仍在思念波兰,
他的眼泪流淌在他的雕像的脸上,
他在废墟上举起了一只巨手,
他已经漂流到了世界的远方,
因为那里的鲜血和热情在召唤着他,
一个复活的民族在召唤着他。

可是他没有

波兰现代诗歌选

他没有离开，
　　　　他依然在注视，
　　　　　　　他依然在倾听。
他在树林里的沙沙声中寻找他所熟悉的乐调，
他在银色池塘里的哗哗声中寻找他曾听到过的琴声。
他指挥着少女尽情地歌唱，
指挥着孩子发出响亮的笑声。

肖邦没有离开，
　　　　　他依然徘徊在
那座他曾演奏音乐的楼房旁边。
现在，演奏他的波洛内兹舞曲的人越来越多了，
有艺术家，有年轻人。
他们从世界各地来到这里，
要和他的精神结为朋友，
在楼房旁边……
　　　　哪座楼房？
　　　　　　那座黑色的楼房。
就像许多死蛇把风琴缠绕，
屋檐和立柱都已经倒在地上，
钢琴上盖着黑色的棺材盖。

只留下一块纪念碑，它是精神不灭的象征……
过路的行人，请看：
　　　　这就是勇气！这就是力量！
虽然你曾遭遇不幸，虽然你仍在挨饿，
可是肖邦站起来了。
他将和你同在，他为波兰而自豪，

埃乌格纽什·日托米尔斯基

他死过两次,他没有死。

二
在城里的一条街上,
突然传来一声震耳欲聋的霹雳。
孩子们惊恐万状,
便都跑出家门大声地哭泣,
邻里之间相互打听,
是否又爆炸了一颗未曾爆炸的炸弹?
这时在下面贝尔韦德尔宫的门前,
聚集了来自四面八方的人群,
在互相诉怨,低声哽咽,
然后他们向前跑去……
原来不知是谁,向他们报告了一个消息
德国人炸毁了肖邦的塑像。

人们在大街上悄悄地查问;
这一切是否都是事实?
华沙失去了自己的纪念碑,
她泣不成声,悲痛欲绝,
可这一天,弗雷德雷克[①]!我就在你的身边。

敌人把你的钢琴
放在马路上践踏。
一只亵渎神圣的魔掌,
在伸向你的额头,

---

① 即肖邦。

波兰现代诗歌选

伸向你漂亮的脑袋,
伸向你挺起的胸脯,
又把一包炸药,
撒在你的圣洁的身躯上。

你倒下了,但你没有死去……
在你的被撕裂的胸脯上,升起了一阵阵烟雾,
你的孤零零的台座,就像一炷燃烧的香火。
刽子手们走了,这里又恢复了宁静,
只听见柳叶的沙沙声响,受惊的麻雀
唧唧喳喳地飞落在你的停止了呼吸的胸脯上,
它们好像,它们好像——出于本能——要把你唤醒……

但是人们却只能默默地站在栏杆外面……

三
这一切都是徒劳,都是幻想。
大炮不能把你吞噬,
在帕维亚克①,在奥斯维辛,
你的名字像洪钟一样的响亮。
法西斯匪徒把你的高贵的头颅
锻造成他们的头盔,
可是在舞台的废墟上,
却来到了一支新的乐队。
这是一颗波兰的心,一颗火热的心,

---

① 19世纪在华沙建的一座监狱,在1863年1月起义后至1944年,关押过许多反对反动当局的政治犯。

埃乌格纽什·日托米尔斯基

它在演奏你的乐曲，
你听见了没有
一曲又一曲活泼跳动的乐调
流向了城郊，流到了居民的院子里。
孩子们不再喧闹，他们跳起了玛祖卡舞①，
牢房的铁窗
阻挡不住这滚滚向前的洪流。
这是一颗不屈的心，
这是英雄的乐章，不是谐谑的情调。
德国人把你的纪念碑埋在土里，
烧毁了你的全部作品，
但是你没有低头，你没有屈服，
我们知道你，我们记得你。

相信总有一天，
从铜丝网结中，从细碎的尘土中，
从灰色的坟墓中，从流淌的鲜血中，
将发出喷泉起舞的声音。
到那时，你将把你银色的前奏曲的雨点
洒在通行无阻的大道上。
你将乘坐你的波洛内兹舞曲②，
飞向海阔天空，飞到九霄云外。

1939 至 1941 年

---

① 肖邦谱写的钢琴曲。
② 肖邦谱写的钢琴曲。

艾米尔·捷齐茨

艾米尔·捷齐茨（Emil Diedzic，1914—1943）诗人、作家、政论家、工人运动活动家。著有《一个工人的回忆》（1938）、《然后是木头》（1938）、《现代人民文学家》（1938）和《诗歌和散文选》（1955）等。

游击队员之歌

命运在遭受奴役，
我们无须等待，
同心协力，紧握钢枪，
以战斗还击敌人的侵犯。

森林在怒吼，大海在呼啸，
我们的战歌更加嘹亮，
前进，波兰的游击队员，
胸中寄托着人民的希望。

广阔的国土是我们的家乡，
钢铁的机关枪是我们的母亲，
兄弟，让我们站在一起，

艾米尔·捷齐茨

目标对准法西斯强盗的心脏！

勇敢地站出来吧！加入我们的队伍。
我们的歌声是反抗的歌声，
当战士倒在血泊里的时候，
这歌声将冲破法西斯的牢笼。

城里和乡下都响起了炮声，
是时候了，准备战斗，
游击队员为自由而战，
为自由而战的军队属于自由的人民。

耶日·别特尔凯维奇

耶日·别特尔凯维奇（Jerzy Pietrkiewicz, 1916— ）诗人、作家，有诗集《话说童年》（1935）、《天上的印记》（1940）、《欧洲的葬礼》（1946）、《1934 至 1954 这二十年的诗》（1955），长诗《外省》（1936）、《诗歌和长诗》（1938）和长篇小说《照农民的方式》（1941）和短篇小说集《那些死了的并不是手无寸铁的人》（1943）等。

播种

一
把头发扎成发结，
九月，
把扫石南种下。

微风吹拂着麦穗，
村笛在田野悲鸣，
梦中也可见到农舍的炊烟。

清晨，湖面上笼罩着一层薄雾，
太阳的大旗覆盖在

耶日·别特尔凯维奇

高耸的白杨树上。

圣乌尔舒拉在低声地哭泣,
她见到一群麻雀,
像一个送葬的队伍一样,飞到田里来了。

二
多布任①有三座小山
跳起了奥别利克舞。②

透过湖上生长的碎米荠,
可以看到湖那边的白杨,
谷地里"嚯布,嚯布"的回声:
使得夜晚的钟声都听不见了。

枣红色的马群送来了鲁平③的春风,
有个少女在风中翩翩起舞。
当基科尔的紫柳林中,
响起了口哨声的时候,
我正在一株白杨树下,
见到了玛丽亚
在田野里散步。

她的眼睛很像我的母亲,

---

① 地名,在波兰。
② 波兰民间的一种双人舞。
③ 地名,在波兰。

波兰现代诗歌选

身着一件和我母亲一样的蓝色的裙衣,
她的辫子的颜色和头巾
都和我母亲的一样。

因此我对她伸出了手,
叫了一声:"母亲!"

三
是播种的季节了,玛丽亚①!琴斯托霍瓦的玛丽亚!
斯肯普斯卡的玛丽亚!奥斯特罗布拉姆②的玛丽亚!
为了已经死去的人,为了正在战斗的人,
为了被俘和被流放的人,播下这春天的种子吧!

虽然处女地的泥土是那么坚实,
但我们有坚硬的铁犁,
有一直延伸到格但斯克③的大片耕地。
玛丽亚,在这里播下春天的种子吧!

我们的坟地也很肥沃,
民间有传说:
骨灰也可以肥田,

你如果慷慨大方,就把你圣洁的种子
播在伦敦的处女地上!

1943年9月8日

----

① 指天主教的圣母玛丽亚。
② 琴斯托霍瓦、斯肯普斯卡和奥斯特罗布拉姆这些地方都在波兰,琴斯托霍瓦是波兰著名的宗教圣地。
③ 波兰北部港口城市。

安娜·卡明斯卡

安娜·卡明斯卡（Anna Kamieńska，1920—1986），波兰女诗人，德国法西斯占领期间，在卢布林秘密学习波兰语言文学，战后曾任《复兴》《新文化》周刊和《创作》月刊的编辑。有诗集《教育》(1949)、《论幸福》(1952)、《心跳》(1954)、《在一只鸟的眼睛里》(1959) 和《驱逐》(1970) 等。

比较

我描写大地，
我述说大海，
我要说，
因为我想到了你。

阳光把这个果子周身照得通明透亮，
世上的一切都互相渗透，
各种各样的物体被风都吹到了一起，
因为流向一致，抹掉了所有的界线，
只有一根血脉。

创造的意思是

波兰现代诗歌选

　　突然
　　发现了整体。
　　这是上帝的创造。

　　物和物都不能分开,
　　它们的形状也很相似,
　　它们在寻找它们聚集的地方,
　　因为那里放射着意义之光。

　　物和物都相亲相爱,
　　把另一个看成和自己一样;
　　它们之间也有冲突,
　　这个消失了,
　　另一个就生出来。

　　在这个密织的蛛网里,
　　那些颤动的网丝你触摸不到;
　　一道道亮光就像银色的小球,
　　在不停地转动。

　　你,只有你一个人
　　住在我这里。
　　什么叫分开,
　　什么都分不开。
　　上帝来到了人间,
　　人间的一切
　　都在膝上。

　　　　　　　　　　　　1974 年

安娜·卡明斯卡

井

没有比这个不停地喧闹
更糟,
也没有比这个无法肃静
更好。

没有哭泣,没有痛苦,
没有爱恋,
就没有幸福,
在一口深井上说话,
说的是不是真话?
难以知晓,
真话不会天天说,
就像婚礼不会天天举行,
伤痛并不常有一样。

1988 年

克日什托夫·卡米尔·巴钦斯基

克日什托夫·卡米尔·巴钦斯基（Krzysatow Kamil Baczyński, 1921—1944），诗人。他在德国法西斯占领期间，曾和出版《火焰》和《道路》等刊物的波兰左派有联系，参加过 1944 年的华沙起义，在战斗中牺牲。有诗集《独立之歌》（1940）、《真话》（1940）、《诗选》（1942）、《一页诗》（1944）等。

玛佐夫舍

一

玛佐夫舍、比亚塞克①，维斯瓦河和森林，
这是我的玛佐夫舍，既平展又宽阔，
潺潺的溪水上映照着闪烁的星星，
松树林里有一条大河从那里流过。

昨天我在这里还听到了密集的枪炮声，
像有一双大手在使劲地鼓掌，
可是今天，这里的森林把战场上

---

① 地名，在波兰。

克日什托夫·卡米尔·巴钦斯基

留下的盔甲和牺牲者的尸骨全都覆盖。

二
我原以为,这里是一堵花岗岩的城墙,
有第四军团的盔甲和武器,
炮弹发射后,冒出了
像云雾一样的浓烟。

三
绿草地啊!你在呼吸着新鲜的空气,
田野里播下了新的麦种,
我要亲吻这片土地,
感受了它那温馨的气息

维斯瓦河啊!你可记得,在这片林子里
战斗过你的起义的儿女?
不屈的土地啊!我看见他们衣裳褴褛,
一个个就像那枝叶枯黄的树干。

四
1863年,起义的枪声响了[①],
一阵风吹来,战士的心都碎了,
这难道是爱,是生命?
是雪花,是眼泪?

---

① 指1863年1月在华沙爆发的波兰抗俄民族起义。

五

比亚塞克，你记得吗？土地啊，你可记得？
战士们用来捆绑武器的皮带都断裂了，
他的面孔和军服覆盖着神圣的尘土，你记得吗，
这就是你的儿孙，在阳光普照大地的时候。

六

一代又一代的波兰人！
你们有过自由，现在，
荒漠已变成了森林，
道路是艰难的，
但铁犁正在田野里耕种。

七

可是现在，祖国的土地上又失去了那片蓝天，
一些人昧着良心，行尸走肉，
每一块面包都留下了被火烧过的痕迹，
于是又面临着死亡的威胁

比亚塞克，你可记得，那乌黑的血
流进了一大片墓地里？
孩子们的尸体旁长满了荆棘，
身上被打得皮开肉绽。

比亚塞克！孩子们、妇女、
农民和战士，
都会来到你的身边，他们高喊：

克日什托夫·卡米尔·巴钦斯基

"波兰，起来吧，波兰！"

维斯瓦河啊！多少年来，
你用你那条粗布裙子护卫着这个民族！
如果我在战斗中牺牲，请赐给我一个名字！
因为你是不屈的土地，属于战士的土地。

1943 年 7 月 26 日

塔杜施·博罗夫斯基

塔杜施·博罗夫斯基（Tadeusz Borowski, 1922—1951），波兰作家、诗人和政治家。出生于乌克兰托米尔一个工人家庭，1933年随父母从乌克兰迁居华沙，由于家境贫寒和在苏联的一段经历，他很早就接受了革命思想。德国法西斯占领时期，曾在秘密开办的华沙大学学习波兰语言文学。1943年为波兰左派刊物《道路》写稿，后被德国秘密警察逮捕，关在奥斯维辛集中营，由于当上了集中营的卫生员，才幸免于难。1944年，他又先后被转移到了纳茨威勒集中营、道特梅尔根和达豪—阿拉赫集中营，1945年5月初被美军解救，才获得了自由，随后在慕尼黑城郊的弗赖曼参加了一个为救济从法西斯集中营获得自由的难民而设立的组织，帮助他们寻找失散的亲属。1946年回波兰以后担任过各种刊物的编辑。有诗集《潮流派的名称》（1945），短篇小说集《告别玛丽亚》（1948）、《石头世界》（1948）、《书和报上的短篇小说》（1949）、《红五月》（1953）和报告文学《我们到过奥斯维辛》（1946）等。

* * *

这是一个年轻的归侨，小伙子！

塔杜施·博罗夫斯基

如果我们相互之间都不理解,
那你应当知道,这是我们的过错,
谁都不能说我没有错。

你在外国的军队里战斗,
使那里的人民获得了自由;
可我却陷进了泥坑,被人践踏,
像集中营里的一条狗一样。

你是一个战士,挺起了胸膛,
像一阵风吹拂在大地上;
可我这里,有成千上万的人
被烧死在焚尸炉中。

你见到过各民族的少女,
就像在电影里看世界一样,
可我只能把我的安慰,带给我
被囚禁在奥斯维辛的姑娘。

你有英国的巧克力糖
总是给你带来甜美的滋味,
可我每天吃的德国面包
就像一堆腐臭的芜菁。

你身着波兰的军装,
在德国人面前显示了你的威严;
可我身上穿的是囚衣,
脚下踏的是木板鞋。

波兰现代诗歌选

波兰是你的祖国,你思念她,
你参加过集会,有报纸和广播;
可我的周围只有尸体的腐臭,
因为我的同志都在死亡营里。

小伙子,这是两个不同的世界,
我和你,面对着面,
你看着我,我也看着你,
是那么亲近,可又是那么陌生。

1945 年

号召

诗人们,写你们的诗吧!
拿起麦克风,向大众广播,
要唱人们熟悉的歌,
大家都听得懂。

把你们的诗送给所有的人,
张贴在每一个被遗忘的角落,
同时,你们也不要过早地
离开你们战斗过的街垒。

诗人们,要真诚地写!
大胆地写!
监狱在等待活着的诗人,

塔杜施·博罗夫斯基

光荣属于死去的诗人。

要像舵手一样保持高度的警觉，
用大火去消灭一切罪恶和背叛，
世界是一艘大船，在海上迷失了方向，
要用自己的身躯去拯救它于危亡。

如果这艘大船沉落下去，
你们就用音乐为它送别。
要真诚，要大胆，
就像"泰坦尼克号"① 上的音乐家一样。

* * *

士兵们从战场上回来，
囚犯们从集中营回来，
我回来了，我要讲述
我的经历和奇遇。

我要讲述千百万人的死亡，
没有人为他们祈祷，
在他们身上涂油，把他们埋葬。
我要讲述罪恶、控诉、错觉和面包。

---

① 1912年4月10日，豪华游轮泰坦尼克号从英国安敦港出发驶往纽约，开始其处女航。船上有2224人，包括船员800人。泰坦尼克号向西行驶，第4天半夜于纽芬海岸外，在全速行驶时与一座巨大的冰山碰撞，甲板下面的水密舱有6处破裂，海水涌入舱内。人员开始撤离此船，但由于救生艇只够一半乘客使用，乘客惊慌失措。最终随着船尾翘起，船身滑向大西洋底，1513人与船一起葬身北大西洋。

波兰现代诗歌选

还有那愚蠢的期待和意志，
相信会有一个正义的世界。
母亲，你知道我的苦涩，
你不会感到奇怪。

塔杜施·鲁热维奇

塔杜施·鲁热维奇（Tadeusz Różewicz, 1921—　），波兰著名诗人、剧作家和小说家。生于罗兹省腊多斯科县，德国法西斯占领时期进了一个士官学校秘密开办的学习班，毕业后参加过波兰战前政府领导的国家军游击队的战斗。有诗集《不安》(1947)、《一只红手套》(1948)、《五首长诗》(1950)、《正在来临的时代》(1951)、《诗和画》(1952)、《平原》(1954)、《银穗》(1955)、《微笑》(1955)、《一首公开的长诗》(1956)、《形式》(1958)、《和王子谈话》(1960)、《无名氏的声音》(1961)、《绿玫瑰》(1961)、《普洛斯彼罗的大衣里什么也没有》(1962)、《面孔》(1964)、《第三张脸》(1968)、《方向》(1969)、《皇城》、(1969)、《小精灵》(1977)、《选自1970—1982年的诗》《浅浮雕》(1991)、《永远是片段》(1996)和《灰色地带》(2003)以及短篇小说集《落叶》(1955)、《中断的考试》(1960)、《参观博物馆》(1966)和中篇小说《我的女儿》(1968)等。在戏剧创作方面，他是波兰战后荒诞派戏剧流派的主要代表之一，代表作有《卡片集》(1960)、《拉奥孔组雕》(1962)、《见证人，我们的小稳定》(1964)、《老妇人孵子》(1969)、《干净夫妻》(1975)和《饥饿者的离去》(1976)等。鲁热维奇一生创作颇丰，尤其是在戏剧创作方面，取得了突出成就，曾多次获诺贝尔文学奖提名。

波兰现代诗歌选

得救

我二十四岁那年，
被押送到刑场上，
可是我得救了。

一些毫无意义的称呼，
其实只有一个意思：
人和兽，爱和恨，
敌人和朋友，
黑暗和光明。

人和人就像野兽一样
自相残杀。我见过
那一车又一车
没有得到拯救的
被砍杀的人们。

德行和罪恶，
真理和欺骗，
美和丑，勇敢和怯懦
实际上是一个概念。
德行和罪恶的价值一样，
我见过
有德行却犯了罪的人。

我要找到一个教师和一位巨匠，

请他们恢复我的语言和视听,
请他们给那些物件和概念一个称呼,
请他们将光明和黑暗分开。

我二十四岁那年,
被押送到刑场上,
可是我得救了。

多么好

多么好,
我真可以在林子里
采摘野果以饱口福了,
我原以为,既没有野果也没有树林。

多么好,
我真可以在树荫下乘凉了,
我原以为,
树木不会投下阴影。

多么好,
我真可以和你在一起了,
我的心也跳得更快了,
我原以为,人是没有心的。

父亲

老爸的身影

波兰现代诗歌选

永远在我的心,
他一生不知道节约,
死后没留下分文。
他不曾一点一滴地积攒,
既没有买下一处房产,
也没有买过一块金表。

他像鸟一样地快活,
从早到晚地歌唱。
一天又一天。
可是
请你说说,
一个低级职员
许多年来,
怎能这样地生活?

我记得他常常戴着
一顶破旧的帽子,
口哨吹得很好听,
吹的是一首欢乐的歌,
他坚信他一定会
跨入天堂的大门。

小兔子

大雪长着红宝石眼睛,
藏在一个笼子的
黑咕隆咚的角落里,

塔杜施·鲁热维奇

温暖的雪，
受惊的雪。①

大雪一声不响地
翕动着它的嘴唇，
在沙沙响着的蓝色的树叶上。

黑色

我不相信，
我对醒来和熟睡，
都不相信。

我对我生活的这边和那边
都不相信，
我很不相信，
我公开地表示不信，
就像我母亲那样，
很不相信。

我吃面包的时候，
喝酒的时候，
都不相信，
我不相信我会爱护我的身体。

我不相信

---

① 以白雪比小白兔，有一双红宝石眼睛，关在笼子里，有体温，有感觉。

他的神庙,
也不相信他的祭司和记号。

我不相信城里有街道,
不相信有田地和雨水,
不相信有空气,
不相信有喜报。

我在读他的寓言,
像麦穗一样的单调,
我想到了上帝,
上帝也没有对我露出笑脸。

我想到了那个小的上帝,
他在流血。
我想到了童年时用过的
那些白手绢。

我想到了黑颜色,
它分散了我的目光,
我现在
要死了。

一个字母

他们来到了集市上,
死的时候,
还咬着

一个单词,
一个字母,
要把它记住。
如果是"英雄"
这个词,
就不单是一个字母;
如果是
字母"C"。

如果说的是一个单词,
说的是历史的意义,
说的是他们的英雄,
我们的
他们的,我们的,
你们的。
亲人的血,
过去的血,
这血中有一些
掉了牙的老人说过的话,
这些老人在咬着一些
烧成了灰被埋葬的骨头

年轻人的血
从空虚流向了空虚。

一些公司算的是
有多少尸体
焚人炉里有多少烟火。

波兰现代诗歌选

你们听见
狗在吠叫吗?
还有各种各样的
民族主义者,
他们只说了一句话:
"用仇恨去宽恕别人。"

你们见到了一些老人
站在一个知名和不知名的士兵
的坟墓上吗?
他们用仇恨毒化了
他们的儿孙
年轻的脑袋和心。

要知道:
我们有个不知名的诗人说过:
"过去、死亡和痛苦并不是上帝的创造,
而是那个撕毁了法律的人的创造……
过去也就是今天,是今天的延续……"

生平

出生年代:1921年;
出生地:
拉多姆斯科。

这都写在儿子
学校里的练习本

中的一页纸上。

那里不仅有我的生平,
还留下了一些
白色的斑点。

我删掉了其中的两句话,
但加上了一句话,
过了一会儿,
我又添了几个字。

你要问我生活中发生过
什么重要的大事,
那你还是
问别的吧!

我的生平就是这样,
有过好的时候,
也有不好的时候。

寻找

变成了蓝色,
变得更亮了,
变成了白色,
变得没有颜色,
这是一幅风景画,
一个人的画像。

波兰现代诗歌选

  一个可怜的人
  为什么我不能用写诗的笔
  去触他一下,
  再来救他一下。

  有一次,我偶然找到了他,
  现在我又想起了他,
  一些话说出来,
  我又忘了。

  这只是一瞬间,
  我见过他的照片,
  他的照片反映了人的本质。

  天上没有声音,
  但显露了三个字:
  "早晨好!"
  和他的一副苍白的面孔。

  在一块蓝色的斜纹布上,
  画着一双苍老的眼睛,
  一束很硬的羽毛,
  一顶揉皱了的帽子,
  一根有很多节疤的小棍
  和一双黑色(满是尘土)的皮鞋。

塔杜施·鲁热维奇

雾中的女人

大雾,大雾,
雾中有树,
这不是树,是人影,
在雾中闪动,行走,
已经离去,
消失不见了。

雾中东倒西歪的那些灌木
伸出了枯干的枝芽。
还有夏日的蛛网
结成了一个白色的线团,
这线团在母亲身旁变黑了,
在地上,在站在窗旁正等待着的
那个女人的身旁变黑了。①

红色的线团心连着心②,
是那么温暖,
这是
蛛网的心。

你见到了阳光,
像阳光一样,令人赏心悦目,

---

① 变黑意味着死亡。
② 红色象征坚贞的爱情。

波兰现代诗歌选

你和一个不认识的女人
面对着面,
可她已变成了阿拉赫内。①

惊慌

我五、六点钟就醒来了,
我轻蔑自己,
我起床了,
我陷入了惊慌,
但我在触到什么之前,
在触到什么之前,
没有逃走。
我不愿也不能逃走,
我不敢说"逃走"这个词。
大概是
从远方来了一个兄弟,
从远处来了一个……死神②。

我没有逃走,
因为我一下子惊呆了,
我藏了起来,
把脸捂在手中。
窗外乌鸦呱呱地叫着,

---

① 希腊神话中的一个纺织女工,她曾和智慧女神和女战神雅典娜比试技艺,而且比赢了,但她却受到了这个女神的惩罚,变成了蜘蛛。
② 原文是德文。

马车发出了信号,
已经准备好了。

2008.2.4.

尤利娅·哈尔特维格

尤利娅·哈尔特维格（Julia Hartwig,1921— ），波兰战后新古典主义派女诗人、翻译家。有诗集《告别》（1956）、《闲着的手》（1969）、《双重性》（1971）、《警惕》（1978）、《交往》（1978）、《柔情》（1992）、《被看见的》（1998）和《没有回答》（2001）等。

逝去

I

从断裂的面包[①]和星星中喷出的血[②]像闪光一样刺眼。
请你相信我晚上说的话，不要听信我白天说的！

[①] 这里引了耶稣准备逾越节晚餐的故事，在这个晚餐上，耶稣向他的十二个门徒揭露了他们中的犹大背叛了他。在席上，他还亲自蘸了块饼给犹大，犹大吃了后走了。耶稣又拿起一块饼掰开，分给了他的门徒，并说：这就是他的肉体。然后他又拿起一杯酒，向上帝祝谢，说："这是我的血，是印证上帝与人立的约，为许多人的罪得赦免而流的。"他叫他的门徒彼此相爱，说只有这样，世人才知道这是他的门徒。餐后他和他的门徒一起去了汲沦溪。这就是有名的"最后的晚餐"。在波兰现代诗中，用面包代替《圣经》上说的"饼"。

[②] 据《圣经》记载：耶稣诞生在伯利恒，那天东方有三位博士，见天空中出现了一颗明亮的新星，他们根据星的方位寻到耶路撒冷，打听这位犹太人的新生王在哪里，要来朝拜他。

尤利娅·哈尔特维格

透过这些黑色的树叶我见到你是那么模糊,
就像白天将要熄灭的太阳。
你对我说吧!你对我说吧!

米隆·比亚沃谢夫斯基

米隆·比亚沃谢夫斯基（Miron Białoszewski，1922—1983），波兰战后先锋派的代表诗人、散文家和剧作家。德国法西斯占领时期曾在地下的华沙大学攻读波兰语言文学，1944年华沙起义失败后，被法西斯分子送到德国进行强制劳动，战后回到波兰，1946至1951年担任报刊记者。1955年和几个朋友创办了一个实验剧院，上演波兰现代戏剧，在社会上很受欢迎。有诗集《物的周转》(1956)、《奇异的账目》(1959)、《错误的激动》(1961)、《有过，有过》(1965)、《啊哟》(1983)，散文集《回忆华沙起义》(1970)和戏剧集《关于现实的秘密报告》(1973)等。

带圣母像的旋转马车

你们都来坐坐这些
带圣母像旋转马车吧！
每辆都由六匹马拉着，
六匹木马！
马群正欲奋蹄前行，

米隆·比亚沃谢夫斯基

可它们站在
车前却好像
昏昏欲睡了。
这里每辆车
都涂上了火红的颜色,
是用橡树木做的,
里面挂着圣母像。
马群开始奋蹄前行,
周围可以听到
留声机和唱片
播放的音乐。
每匹马的身上
都披着漂亮的垂饰,
它们这时
便摇头摆尾地
跳起了英格兰土风舞。
马车都成双成对地
排在一起。
圣母像和圣母
总是那个样子,
一点也没有变。
白色的马,
马车,
黑色的马,
马车,
棕色的马,
马车。
这些贤内助,

波兰现代诗歌选

它们的表情像芬奇①，

在拉法尔②的圈子里，

在红色的火球中，

在笼子里，

在城郊，礼拜天，

成双或对，

圣母像，圣母，

不知哪一个正昏昏欲睡，

哪一个有所感悟。

六匹木马，

马群，

六匹木马，

马群，

马车突然拐了个弯，

走得越来越慢了，

在城里，

好像遇到了

想不到的障碍，

圣母像也变成了马，

你们坐上

这六匹马

拉的马车吧！

1956 年

---

① 达·芬奇（Leonardo da Vinci, 1453—1519），意大利文艺复兴时期著名画家。
② 拉法尔（Raffaello Santi, 1483—1520），意大利文艺复兴时期的画家和建筑师。

米隆·比亚沃谢夫斯基

快乐的自画像

你想不到我很不幸,
但我很高兴,因为我想,
你会以为我很高兴。

意识是快乐的舞蹈。
我的意识在跳舞,
  在颤动的灯光前跳舞,
  在墙的外皮前跳舞,
  在有许多白菜的
  副食品商店的门前跳舞,
  在正在说话的朋友
  的嘴巴前跳舞,
  在自己的一只
  没有想到地出现
  的手前跳舞,
  在一幅现实的巨雕前跳舞。
我的意识在最华美和气派的
游艺会上跳舞,
还有最神圣的祈祷在为它伴舞。

我舞起来,
每跳一圈
都走向了天堂,
  在那里我什么也感觉不到,
  开始怎么样,
  后来还是这样,

可是那里的快乐无法形容，
我现在这样，
以后将永远这样，
这就是一切。

灰衣大主教的喜悦

我真高兴，
因为我见到你就是天，
就是望远镜，
你有那么多的人造星星，
你举起了
半个地球。
在一只眼前，
在大气层下面，
你照亮了你的圣餐盒，
圣餐盒里有那么多食品，
还有一个汤勺。
厨房里的炉灶很漂亮，
镶了瓷砖，有缝隙，
有的颜色显得苍白，
有的呈银白色，
有的呈灰色，视若昏昏欲睡，
可是它们却闪闪发光，
在节奏地跳舞，
虽然不太整齐，
但规模很大。

1956 年

维斯瓦娃·希姆博尔斯卡

维斯瓦娃·希姆博尔斯卡（Wisława Szymborska, 1923—2012），波兰著名女诗人，生于波兹南库尔尼克县布宁村，1996年诺贝尔文学奖获得者。1953至1981年她一直在克拉科夫《文学生活》编辑部工作，主持该刊文学部，并长期为该刊"课外读物"栏撰写随笔，后来她把这些文章编辑成书，分别于1973、1981和1992年出版。是1956年以后"当代"派代表诗人之一，一生出版的诗集有《我寻找词汇》(1945)、《我们为此而活着》(1952)、《给自己提出的问题》(1954)、《呼唤雪人》(1957)、《盐》(1962)、《一百种乐趣》(1967)、《各种情况》(1972)、《大数字》(1976)、《桥上的人们》(1986)、《结束和开始》(1993)、《一瞬间》(2002)、《冒号》(2005)、《这里》(2009)等。此外她还写过些许散文和书评。瑞典皇家文学院在授予她诺贝尔奖时说："维斯瓦娃·希姆博尔斯卡从事诗歌创作，她的诗歌以精确的讽喻揭示了人类现实若干方面的历史背景和生态规律。"

爱祖国的话

没有爱，可以生活，

波兰现代诗歌选

　　我的心像核桃一样的干枯，
　　我的微不足道的命运唱的是顶针，
　　远离欢乐，也远离痛苦。
　　我知道自己希望什么？
　　我的希望被埋葬在阴暗的洞穴里，
　　朽木的光不能把它照亮，
　　太阳的光照不到它的身上。

　　没有爱，
　　就像一个被烧坏了的窗子，
　　窗上的玻璃被砸得粉碎，
　　升起浓浓的烟火。
　　就像一株突然倒下的大树，
　　因为在地里埋得不深，
　　被一阵狂风连根拔起。
　　虽然它还没有枯死，
　　但已经失去了翠绿的颜色，
　　林子里再也听不到它的沙沙声响。

　　祖国的土地啊！光明的土地啊！
　　我不是被拔倒的树，
　　也不是被拉断的线，
　　我已经牢牢扎根在你的土地上，
　　这里每天都有我的骄傲和愤怒，
　　有我的欢乐和忧愁。
　　我不愿发表空洞的演说，
　　也没有什么成就和贡献，
　　我可以不爱，但我要生活。

维斯瓦娃·希姆博尔斯卡

在深深的地层里有你的古老……
我有时站在道路中间,
也许有几首人们不知道的歌,
在钉着铁皮的箱子里面;
也许有一只水壶和一把战弓,
在地底下燃烧;
也许有一道古老的门槛,
它是不是我们曾经越过的门槛?

我乘坐思想从这里走向未来的世纪,
要建构新的想象。
我看见河底上躺着一块石头,
要研究它的形状。
未来的雕刻家会用这块石头
雕出同龄人的头像。
维斯瓦河①水从石上流过,
遮住了后代的面孔。
愿这副面孔露出平和慈祥的神色,
露出聪明的微笑。
我们的民族曾经不惜牺牲地战斗
和孜孜不倦地创造。
我们的头上有许多戒指,
它们是过去辉煌年代的见证。
我们的脚下是祖国的土地。
我不做一只惊慌的小鸟,

---

① 在波兰。

也不是鸟飞走后留下的那个空巢。

三个最奇怪的词

当我说"未来"这个词的时候,
我刚一念它就成了过去。

当我说"安静"这个词的时候,
我就在破坏它。

当我说"什么也没有"的时候,
我已创造了一个在任何非存在中都装不下的东西。

天空

天空,应当从这里开始,
一个窗户没有窗台、窗框和玻璃,
只留下了一个空洞,
但是这个空洞却很大,很明亮。

我不用等到一个晴朗的夜晚,
也不用抬头去仰望天空。
天空在我的身背后,
在我的手下,在我的眼皮上,
它把我紧紧地缠住,
又把我从地上吊起。

最高的山峰并不比

维斯瓦娃·希姆博尔斯卡

最深的峡谷离天空更近。
任何地方都不会比别的地方拥有更多的天,
这就像一座坟墓,
毫不留情地挤压着云彩,
可田鼠和摇着翅膀的猫头鹰也来到了天上。
一样东西掉进了深渊,
就是从天上掉到了天上。

天空是一个空间,是一堆碎屑,
它乱不成形,它重岩叠嶂,
它在宇宙中游弋,它到处飞翔。
它不时吹起一阵阵微风,不时闪着亮光。
它无处不在,
它甚至在皮肤下的黑暗中。
我食天,我排泄天,
我是陷阱中的陷阱,
是住在那里的居民。
我是被拥抱的拥抱,
我以问题回答问题。

如果考虑到宇宙是一个整体,
天地之分并不是正确的分法。
如果有人要找我,
我会让他知道一个详细的地址,
他很快就能找到。
我的特殊标志是,
高兴和绝望。

波兰现代诗歌选

我记得的一张照片

他所有的看上去都一个样,
但是他的脑袋的形状,他的面容,
身材和相貌却不像他。
也许他没有装出那么一个模样?
也许颜色不一样?
也许只露出了他的侧身,
就好像站在什么东西后面一样?
如果他手里拿着什么东西:
他的一本书?或者别人的书?
地图,望远镜,钓鱼竿,
或者拿了别的东西:
九月的军大衣,军营里的手工织品,
柜子里的那件风衣,他又是个什么样子?
可是当他走到那边岸上去的时候,
他的脚踝骨、膝盖、腰带和颈子
都陷下去了,光着身子陷下去了。
如果给他衬着一个背景,
比如一个长满了小草的牧场,
一大片芦苇和白桦树,
布满云霞的美丽的天空,
他又是个什么样子?
他身边大概没有别的人,
没有人和他争吵,和他开玩笑,
和他一起玩纸牌,酗酒。
要不要有一个他家里的人,朋友,

维斯瓦娃·希姆博尔斯卡

几个女人或者一个女人和他在一起?
他是不是那个从大门里出来,
站在窗子旁,
脚旁边有一条不知从哪里来的狗的男人?
他是不是在一个团结友爱的集体里?
不,不是,都不是。
他只是一个人在那里,
保持了人们常有的状态。
大概和他亲近的人都不相信他?
都疏远了他?更加疏远了他?
他的身子缩到相片的最里面去了,
他就是大声叫喊,
也听不见他的声音。
那么最先看到的是什么呢?
什么都一样,不过是一只飞过的鸟。

我在人来车往的大街上所想到的

世上有亿万张面孔,
几乎每一张面孔和过去的
或者以后要见到的都不一样。
可是大自然——有谁了解它——
永无止息地工作会感到疲劳,
因此它要实现自己有过的打算,
就是把它载负的面孔,
都在我们面前卸下。

波兰现代诗歌选

也许那个穿牛仔裤的阿基米得①会在你面前走过,
沙皇卡捷琳娜在卖她的皇袍,
戴眼镜的法老②手提公文包。

华沙城还很小的时候,
那里有个没有鞋穿的鞋匠的孀妇。
阿尔塔米拉洞窟③里的绘画大师
带着他的儿孙去了动物园。
一个毛发散乱的汪达尔人④在去博物馆的途中,
好像在赞扬什么。

有人两百个世纪前就死了,
五个世纪前,
半个世纪前。

有人坐着一辆镀金的马车从这里驶过,
有人坐在一列死亡的车厢里。

蒙提祖马⑤,孔夫子,尼布甲尼撒⑥,

---

① 阿基米得(Archimedes,约前287—前212),古希腊数学家和物理学家,曾发明杠杆定理和"阿基米得原理",即物体在水中所受的浮力等于该物体所排出同体积水的重量。
② 古埃及国王的称呼。
③ 位于西班牙北部桑坦德市三十公里,因有优美的史前绘画和雕刻而闻名,1868年为一猎人发现。
④ 古代日耳曼一个流浪民族,它经过高卢和西班牙去过北非,还在那里建立了一个国家,公元455年曾侵犯罗马,后来被拜占庭帝国征服。
⑤ 蒙提祖马二世(Montezuma II,1466—约1520),墨西哥阿兹特克人第九代皇帝,因其与西班牙占领者H. 科尔斯之间的对抗闻名。
⑥ 尼布甲尼撒二世(Nebuchadnezzar II ?—前562)新巴比伦王国国王(在位于约前605—前562),他在位是新巴比伦最兴盛的时期。

维斯瓦娃·希姆博尔斯卡

他们的保姆,他们的洗衣女工
还有只会讲英语的米堤亚王后①。

世上有亿万张面孔,
你的面孔,我的面孔,
还有一张你任何时候也认不出的面孔。
大自然要寻找,
要追踪,要提供,
寻找那些在
已经被人忘记的镜子里的东西。

电话筒

我梦见我听见了什么,
原来是电话铃响了。

我以为,这定是一个死人
在给我打电话。

我梦见我伸出了一只手,
要去拿那个电话筒。

但那个电话筒
不像过去那样,
它好像很重,
好像黏贴在什么上面,

---

① 尼布甲尼撒二世的王妃。

好像钻到地里去了，
它被一些树根缠住了。
我要把它拔出来，
连泥土一起拔出来。

但我梦见我的努力
都白费了。

我梦见周围一片寂静，
因为电话铃不响了。

我梦见我睡着了，
但我又醒了。

摇晃

我是谁？
一个令人不解的偶然，
就像每个偶然一样。

别人的祖宗
可以是我的祖宗。
我已经从别的鸟巢里
飞出来了。
我在别的树杆下
也从蛋壳里爬出来了。

在自然的衣柜里

维斯瓦娃·希姆博尔斯卡

有许多衣服：
蜘蛛的衣服，海鸥的衣服，田鼠的衣服。
每件衣都很合身，
就像早先定做的那样，
可以好好地穿在身上，
直到把它穿破。

但我没有从中挑选一件，
我并不感到遗憾，
因为我的身材大概比别的人小得多。
我只不过是鱼群、蚁群
和那发出嗡嗡叫声的一群中的一个，
只不过是风景画上被风撕破的一块。

我比别人不幸得多，
因为我将用于制造毛皮，
我将成为圣桌上的牺牲，
成为在显微镜的小玻璃片上
游来游去的细菌。

成为一根陷入土中的木头，
大火正要向它烧过来了。

成为一根小树枝，
被一些从这里跑过的
不可理解的事件肆意践踏。

成为一个黑暗星星下的典型，

它的存在是为了照亮别人。

如果我在人们中引起了恐惧,
引起了厌恶或者怜悯,
那又会怎么样?

如果我不是出生在
我应当出生的那个部落,
我面前的这条路是不是走不通?

命运之神对我
至今一直表现得十分友好。

那个值得纪念的美好时刻
对我来说也许根本就不存在。

一种要做比较的企图
已经离我而去。

我只能是我自己——但毫不奇怪的是——
这意味着
我完全是另外一个人。

柏拉图,也就是为什么?

不知道为什么,
在一个陌生的地方,
那种被认为是最美好的生活

维斯瓦娃·希姆博尔斯卡

已经不能满足他的要求。

他在梦中一个世界之上的花园里,
会坚持下去,始终坚持下去,
黑暗削平了他的棱角,
光明坚定了他的意志。

为什么要在一些不良物质的聚集中,
去白白地寻找什么感受?

不成功的模仿,失败的教训,
都不能保持永远。

瘸子的聪明是不是
在他的脚后根上扎上了刺?

汹涌澎湃的浪涛
打破了这里的和谐和宁静?
美,
却现出了难看的花花肠子,
好,
早先没有被阴影遮住,
现在阴影是从哪里来的?

总得有个理由,
即使表面上看微不足道的理由,
可是在大地的衣柜里乱翻了一阵
也没有找到一个赤裸裸的真理。

柏拉图啊！这是一些不讲情面的诗人，
神像下被风吹散的刨花，
高地上的静寂中产生的废品。

一位老教授

我问他，我们年轻的时候
是什么样子？
是不是很幼稚，是不是热情很高，
但也很愚蠢，没有经受过锻炼？

他回答说，除了年轻，
真有点那个样子。

我问他，知不知道
对人类来说，什么是好的？
什么是坏的？

他回答说，
可能有最危险的错觉。

我问他，未来是什么样子？
是不是永远都能
清楚地见到它？

他回答说，
他读的历史书太多了。

维斯瓦娃·希姆博尔斯卡

我问他,书桌上那个像框里的
相片上,都是些什么人?

他回答说,有兄弟、表兄弟、弟媳妇、
妻子和坐在她的膝盖上的小女儿,
小女儿的手里抱着一只猫,
但他们有的已经死了。
此外还有一株已经开花结果的樱桃树,
树上有一只不知是什么的鸟,
在飞来飞去。

我问他是不是感到很幸福?
他回答说,他在工作。

我问他有没有朋友,他们是否都在?

他说他曾有过几个助教,
现在这些助教又有自己的助教了。
卢德米娃太太管家,
还有一个和他也很亲近的人,但他出国了。
此外还有两个在图书馆工作的女士,
两个总是露着笑脸的女士,
他家的对门还有一个小格热希
和马列克·阿乌列留斯。

我问他身体健康吗?
自我感觉怎么样?

他说医生不要他喝咖啡和烧酒,
也不能抽烟,
不能背很重的东西,
也不能过多的回忆。

我问他的那个小花园怎么样?
花园里是不是有一张小板凳?

他说在一个晴天的傍晚,他仰望天空,
天空里有那么多好看的东西,
他并不感到奇怪。

疏忽大意

我昨天在宇宙太空,
没有保持一个良好的状态,
我守了一昼夜,也没有问什么,
我对什么都不感到新奇。

我每天都要做一些事,
就好像这些事都是我该做的。

吸气,呼气,一步又一步地走着,
责任,除了从家里出来,又回到家里,
别的什么都不想。

我见到的世界是一个疯狂的世界,

维斯瓦娃·希姆博尔斯卡

我只是想一般地利用它一下。

为什么到今天就这么一个世界，
而没有任何别的世界？
在这个世上有那么多变幻莫测的细节。

我就像一颗钉子，在墙上钉得太浅，
或者
（这里有一个比较，但我没有见到它）。

一个接着一个的变化，
就是在有限的一瞬间也是这样。

昨天有一只手，在一张很小的桌子上，
用另一种方式切了一块面包。

从来没有见过这样的云和雨，
下起来成了另外一种点滴。

地球以它的轴心为中心在转，
在那永远被抛弃的空间里。

有二十四小时，
也就是一千四百四十分，
也就是八万六千四百秒[①]，
让我们有机会去认识它。

[①] 二十四小时有一千四百四十分或八万六千四百秒。

宇宙对我们的课题
虽然没有表态,
但它对我们提出了要求:
要有自己的见解,
也可引用帕斯卡①的几种观点,
参加到对一些未知的规律的
惊世骇俗的探索中去。

---

① 帕斯卡(Pascal, 1623—1662),法国数学家、物理学家和哲学家。

兹比格涅夫·赫贝特

兹比格涅夫·赫贝特（Zbigniew Herbert，1924—1998），波兰著名诗人。生于乌克兰的利沃夫，德国法西斯占领时期在利沃夫上秘密中学，1943年在那里秘密开办的大学攻读波兰语言文学，同时参加国家军的抵抗运动，1944年来到克拉科夫，1950年后定居华沙，1965至1968年，他在《诗刊》月刊担任编辑，曾多次出访欧洲各国。有诗集《光弦》（1956）、《赫尔墨斯、狗和星星》（1957）、《客体研究》（1961）、《题词》（1969）、《科吉托先生》（1974）、《来自被围困的城市的报告和其他的诗》（1983）、《离别的悲歌》（1990）、《罗维戈》（1992）、《八十九首诗》（1998）、《暴风雨的尾声》（1998）。此外还发表过《戏剧集》（1970）和游记《花园里的野蛮人》（1962）、《烟嘴静物画》（1992）和《海上迷宫》（2000）等，是1956年后波兰新当代派代表诗人之一，也是新古典派的代表诗人，曾多次获诺贝尔文学奖提名。

歇息

我们在一个小城的旅店里歇息，
店主在花园里摆上了桌子。

波兰现代诗歌选

第一颗星星在天空闪闪发亮,
过了一会儿又暗淡下来。
我们切了面包正要吃的时候,
听到近旁的滨藜树丛里传来了蟋蟀的叫声,
有个孩子在不停地哭叫,
周围散发着泥土的芳香。
有人背靠着墙壁坐了下来,
看见外面紫黑色的小山上有绞刑架,
布满常春藤的城墙就是刑场。
因为这里吃饭不花钱,
我们尽兴地饱餐了一顿。①

王宫对面的一座山

弥诺斯②王宫对面的那座山,
就像古希腊的一个剧院。
这里上演悲剧的舞台
背靠着一面陡峭的山坡。
一排排座位旁边,
有许多香馥馥的小草和美丽的橄榄枝。
观众面对着废墟
发出一阵阵掌声。

人的命运本来和大自然无关,

---

① 这里可能写波兰在德国法西斯占领时期的一支游击队,来到一个小城里的旅店里歇息,他们在吃饭的时候,发现敌人在旅店外面的一座小山上,绞杀过波兰的爱国者和反法西斯抵抗运动的参加者。
② 弥诺斯,希腊神话中克里特国王,宙斯和欧罗巴的儿子。

兹比格涅夫·赫贝特

说小草嘲笑灾祸的发生
不过是一种想象，
一种令人厌烦和值得怀疑的想象。

另外还有一个特殊情况：
两条平行线永远不会交叉，
这就是我的真话。

为什么是古典作家

一

在关于伯罗奔尼撒战争的第四部书中，
修希底德讲述了他那次失败的远征。

统帅们冗长的演说，
战争带来疫病的流行，
数不清的阴谋诡计
以及各种外交努力。和这些相比，
这次远征就像森林里的一片针叶，
不过是历史长河中的一个插曲。

由于修希底德的援军没有及时赶到，
安菲波利斯的雅典移民区
被布拉西达斯占领，
修希底德因此被判处终生流放，

波兰现代诗歌选

永远离开了他的故乡。①
各个时代的流放者们都很清楚，
修希底德为这些付出了多大的代价。

二

参加过今天的战争的将军们
如果遇到这种情况，
就会表示哀怨，
他们会对他们的后代，
盛赞他们的英雄行为，
说自己是无罪的。

他们还会指责他们的下属，
咒骂那些有妒忌心的同僚
和那一阵阵吹来的不怀好意的风。

可是修希底德只说，
那是一个冬天，
他有七艘战船，

---

① 修希底德（？—约公元前401），古希腊历史学家，上面讲的"关于伯罗奔尼撒战争的第四部书"是指他的史学著作《伯罗奔尼撒战争史》，这是修希底德用了三十余年编写的一部未完成的著作，书中记的事件止于公元前411年。修希底德曾在公元前424年当选为古希腊的将军，就在这一年冬天，斯巴达将领布拉西达斯进攻雅典在爱琴海北岸的重要据点安菲波利斯城。安菲波利斯在马其顿斯特里蒙河上，距离爱琴海约三英里，是古希腊的战略运输中心，公元前436年这里就有雅典的移民居住。当布拉西达斯来进攻该城时，修希底德指挥的色雷斯舰队驰援被围困者不力，城陷后获罪流放了二十年，直到伯罗奔尼撒战争结束后才返回希腊。不久去世。但在这首诗的作者赫贝特看来，修希底德这次失败的远政和他后来的被流放不过是"森林里的一片针叶"，在整个伯罗奔尼撒战争的"历史长河中的一个插曲"，早就被人遗忘了，所以他要提起。

兹比格涅夫·赫贝特

本来走得很快。①

三

如果艺术要表现的是一把被打碎的茶壶，
一个受到残酷打击而痛不欲生的灵魂，
那么它留给我们的是什么呢？
是一对恋人拂晓的哭声，
在一个肮脏的小旅店里。

题词

请你看看我这双手，
它是那么纤细娇嫩，
就像你所说的那样，
是一枝新鲜的花朵。

请你看看我的嘴巴，
它是那么柔弱无力，
连世界这个词都说不出来。

我们坐在小船上摇摇晃晃，
把大风当作饮料解渴，
可是我们的眼睛被遮住了，
看不见萎谢的花朵和美丽的废墟。

---

① 这说明在今天的战争中，统帅们如果也犯了修希底德那样的错误，他们不但不承认自己的错误，还说自己是英雄，把他们应付的责任都推给别人，或者说有客观原因，但修希底德只说他自己，责任他一个人负。

波兰现代诗歌选

我的心中燃起了思想的火焰,
一阵风吹来把风帆鼓起,
我心中的火便烧得更旺。

我要亲手把空气
雕塑成我朋友的脑袋。

我不断地背诵着一首诗,
因为我要把它翻译成梵文,
翻译成金字塔。

哪怕天上的星星都已经熄灭,
我也要把夜空照亮;
就是地上的大风变成了石头,
我也要让它使劲地吹起来。

科吉托先生见到一个死去的朋友

他沉重地喘着气,
午夜十二点就要死去,
科吉托先生于是给他摆好枕头,
对他微微地笑着,
然后来到走廊里,
不停地吸烟。

他沉重地喘着气,
藏在被子下面的手指头不停地颤抖,
可是等到科吉托先生回来一看,
他见到的不是他的朋友,

兹比格涅夫·赫贝特

而是一个歪着的脑袋
和一双睁得很大的眼睛。

医生像平常一样，
急忙给死者打急救针，
可针管里全是乌黑的血液。

科吉托先生又等了一会儿；
看到周围发生的一切，
死者像一个空前的口袋缩成了一团，
被一些看不见的螃蟹紧紧地钳住，
其实他的躯体早已被损坏了。

如果他变成了石头，
变成一个沉重的大理石雕塑，
不管是什么样的雕塑
这就是他应当得到的安慰。

可是他却躺在一个狭小和肮脏的角落，
就像一根从树上被砍下的枝条，
就像一个被扔掉的蚕茧。

午餐准备就绪，
餐桌上的碗碟声在呼唤上帝的天使，
可天使们却没有降临，
只有乌婆尼沙昙①才给他带来了安慰。

---

① 即《奥义书》，古代印度婆罗门教的哲学经典。

波兰现代诗歌选

他生前说过的话变成了思想,
他的思想变成了呼吸,
他呼出了一股热气,
这热气变成了至高无上的上帝。

这个无法接近的不可知的上帝
乃是一个令人感到无情的秘密,
藏在峡谷关口里的秘密。

科吉托先生论斯宾诺莎的诱惑

阿姆斯特丹的巴鲁赫·斯宾诺莎
想见到上帝。
他站在顶楼上,
把镜片磨得光光的[①],
然后揭开一道帷幕,
终于见到了上帝。

他和上帝交谈了很久
(他的谈话更显出,
他宽阔的心胸和卓越的智慧),
他还就一个人的天性,
向上帝提了很多问题。
上帝只是抚摸着他的散乱的胡须。

[①] 斯宾诺莎（Baruch Spinoza, 1632—1677），荷兰哲学家, 先世为犹太人, 他因反对犹太教教义而被开除教籍, 生活艰苦, 后被迫以磨制光学镜片为生。

兹比格涅夫·赫贝特

他问上帝,
人的天性形成的第一个条件是什么?
上帝只是望着那无尽的远方。

他问上帝,
人的天性形成的最后一个条件是什么?
上帝只是弯着他的手指,
不断地咳嗽。

后来斯宾诺莎不说话了,
上帝这才开口说话。

巴鲁赫,你说得很对,
我很赞赏你那几何图形一样
准确的拉丁文,
我很同意你那明确据理的推论。

斯宾诺莎又说,
我们还是来谈一些正经的大事吧!

上帝说:
你看你那双手,
都已经残废,在不停地颤抖。

黑暗中你损坏了你的眼睛,
你穿得很破,
吃得也很差。

波兰现代诗歌选

你就买栋新的房子吧!
但不要怪罪日内瓦的镜子,
只让人看到事物的表面。

也不要怪罪藏在头发里的花朵
和醉汉的歌谣,
但要像你的同行笛卡尔①那样,
多多关心自己的收入。
像伊拉斯谟②那样,
表现得更加机灵。
给路易十四写一篇论文吧!
虽然他不会看。

要制止他的那种理性的疯狂,
因为那会使他失去王位,
使星星失去亮光。

你就想着一个妇人吧!
她会给你生一个孩子。

巴鲁赫你看,
我们谈的都是正经的大事。

我只希望得到那些没有上过学和

---

① 笛卡尔(René Descartes, 1596—1650),法国哲学家,自然科学家,被认为是解析几何学的奠基人,主张彻底抛弃教会经院哲学的偏见。
② 伊拉斯谟(Desiderius Erasmus von Rotterdam, 1469—1536),荷兰人文主义学者。

兹比格涅夫·赫贝特

不懂文明礼貌的人的拥护，
因为只有他们才真正需要我。

这时帷幕又降落下来，
只剩了斯宾诺莎一人。

他没看见金色的云彩，
也没看见高处的亮光。

他只见到一片黑暗。
他只听到阶梯上的脚步声在往下走去。

扣子

纪念爱德华·赫贝特上尉

只有扣子才永垂不朽，
它们是罪恶造成死亡的永远的见证。
从坟墓里出来，
站在墓前，
成为死者唯一的纪念碑。

它们知道上帝不会抛弃它们，
会对它们表示怜悯，
只要碰到一块黏土，
就会像人一样死而复活。

彩云和鸟儿飞过之后，

留下一片树叶,
长出锦葵树的幼草,
高处一片寂静,
斯摩棱斯克的森林
弥漫着浓浓的烟雾。

只有扣子才永垂不朽,
沉默不语的合唱队发出了雄壮的歌声,
只有扣子才永垂不朽,
只有大衣和礼服的扣子。

致切斯瓦夫·米沃什

一

旧金山海湾的上空
闪烁着点点星光,
清晨的大雾
把世界劈成了两瓣。
不知道哪一瓣更加重要,
更加美好,
哪一瓣不太美好,
但我不敢想象它们全都一样。

二

一大群天使临空而降,
在蓝天像字母一样
歪歪斜斜地
排成了四个字:

兹比格涅夫·赫贝特

赞美天主①。

铁路上的景致

长在铁枝丫上的信号灯的红色和绿色的果实正在成熟，
月台上是那么寂静，还有小木箱中空中花园②的小模型相伴，
可是金莲花和走失了的蜜蜂都不重要，
当圆形的挂钟的指针指着 12 点 31 分的时候，
便有一只黑色的怪物从白茫茫的气雾中，
哧哧叫地走过来了，它将吞噬一切。

---

① 原文是拉丁文。
② 亦称悬苑。新巴比伦时代的名园，据说是新巴比伦国王尼布甲尼撒二世（约前 605—前 562 年在位）为取悦其米提亚王妃所建。古希腊人誉之为世界七大奇观之一。

塔杜施·诺瓦克

塔杜施·诺瓦克(Tadeusz Nowak，1930—1991)，诗人、作家。有诗集《我学说话》(1953)、《寓言家们都离开了》(1956)、《比雪还白》(1973)，短篇小说集《唤醒》(1962)等。

公牛

公牛——一个勤奋的基督教徒，
它不能和我在一起，
它也没有妻子和儿女，
这个桌子上没有面包，
这里也没有桌子，
面包对它来说就是一堆干草，
桌子就像池子里的水一样。

公牛——一个勤奋的基督教徒，
小时候我把它当成我的棺材，
我在这里生活、睡觉、吹笛子，
做了那么多的事。
人们在灰土中行走，
所有的颤抖在密林中都僵化了。

1962 年

塔杜施·诺瓦克

八月的祈祷

八月，八月水藻香，
可波兰却唱出了一首苦涩的歌，
起锚的吊杆变成了十字架，
浸透了汗水的铁桨长起了锈斑。

有过多少世纪，
波兰的双手都成了断臂，
就把这块铜币放在她的眼皮上！
就把这块石头放在她的嘴里！

八月，八月她躺睡在蓝天下，
她见到了大海，大海就在
她的身旁，她的上面。
袋子里装着发了霉的面包
袋子里装了一条鱼，
口上系着一根悲哀的带子。

她睡在一口井的旁边，
似梦非梦地见到自己
在周围奔跑，
手里拿着一根权杖。

八月，八月水藻香，
可波兰却唱出了一支苦涩的歌，
原来是那里响起的一片欢呼声，

双手抓不住桨了。

就好像给颂歌包上了苦艾的叶子,
在一个字的下面放了炸药,
星星照亮了冻僵了的海船,
连着身子的那只手会长得很大。

1988 年

波赫丹·德罗兹多夫斯基

波赫丹·德罗兹多夫斯基（Bohdan Drozdowski，1931—2013），诗人、作家和剧作家。有诗集《有这么一株树》（1956）和《我的波兰》（1957），小说《小屋》（1966）、《阿尔亨姆——暗光》（1968）、《古旧的白银》（1973），剧本《葬礼》（1961）和诗剧《卡伊坦尼亚尔斯基的玛祖尔》等。这里选译的《在塔特雷山中》可以看成一首爱情诗，也可以说是诗人对美好理想的追求，他通过一系列的动作和比喻，把主人公的形象写得十分鲜明和生动。

在塔特雷山中

你的足迹遍及塔特雷山的雪地，
时而显现，时而隐匿。
我跟着你，因为你的心跳，
我在奔跑中也能听见，
如果它跳得急，我便加快步履，
如果它停止跳动，我就不再前进。
我对你轻声地说，请等一等，我的性急的小姐，
难道魔鬼在我们的碗里盛了米粥！
我跟着你，你的明亮的太阳，

波兰现代诗歌选

　　我瞅着你的眼睛,从黎明跑到夜晚。
　　当你离开我时,我在路边只见到一只山羊。
　　我独自一人在塔特雷山中,
　　塔特雷山使我感到寂寞和空虚。
　　如果没有你,这里的山峰、岩石、
　　山谷和瀑布都将失去它们的英姿,
　　这里的荣誉、阳光都会黯然失色。
　　我并非赶着羊群的牧童,
　　我是一个登山队员,攀登在你的身上,
　　因为你是我唯一的最心爱的人。
　　我的脚板踏遍了你的全身,
　　这不是车轮和雪橇板,这是痛苦和爱情。
　　你是一座高山,如果我征服了你,
　　如果我的头碰到了你头上的彩云,
　　你便不是一只山羊,你是我的妻子。
　　我要和你一同去山下歇息,
　　那时我将听到你细声细气的呼吸。
　　我要轻轻抚摸你的身子,
　　就像一头大熊抓到了一窝蜜蜂。
　　可我无论何时,
　　也不能用你来给我充饥,
　　我知道你是一团烈火,
　　永远永远也不会熄灭。

克雷斯迪娜·密沃本茨卡

克雷斯迪娜·密沃本茨卡（Krystyna Miłobędzka，1932— ），诗人和剧作家。有诗集《浅浮雕》（1960）、《同宗》（1070）、《住所，食物》（1975）、《目录》（1984）、《我记得》（1992）、《圣餐》（2000）、《丢失的东西》（2008）等。创作过一系列儿童题材的剧作，都收集在《一个农妇种的罂粟花》（1995）中。

我是要死的

我是要死的。

我不作任何表白，
我不要得到也无须拥有什么，
我也不会阻挡别的人。

上帝给我安排的这个旅程
是让我受更多的苦
让我有更多的表露。

我就是我没有的一切，
就是没有花园的篱笆门。

耶日·哈拉塞姆维奇

耶日·哈拉塞姆维奇（Jerzy Harasymowicz，1933—1999），诗人，有诗集《奇迹》（1956）、《忧郁塔》（1958）、《接受副本》（1958）、《圣耶日的神话》（1959）、《波兰的田园诗》（1966）、《波兰的圣母们》（1969）、《水池上的牛奶店》（1972）、《植物标本集》（1972）、《波兰的凉台》（1973）、《帆船》（1974）、《一个屠夫的女儿》（1974）、《巴洛克时代》（1975）和《带着鹰打猎》（1977）等。

祖母

我记得祖母
头上总是戴一顶小红帽，
身上穿着一件战前织的毛衣。

我还记得她，
在烟雾茫茫中跑得那么快，
就像极地里的
马拉雪橇一样。

耶日·哈拉塞姆维奇

战争爆发了,
有个冬天下了雪,
德国人烧了我们的村庄,
可祖母还在屋里烤面包。

邻舍弗兰克兄弟的房子着了火
成了一个大火把,
可祖母还在屋里烤面包。

我们在家里的凉台上点了蜡烛,
又把毛衣扔到了雪地里,
可祖母还在屋里烤面包。

我们穿好了衣服,
拿了行李正要离开,
可祖母还在屋里烤面包。

我赤着脚在雪地里奔跑,
几只母鸡翅膀着了火,到处乱飞,
有只公鸡被烧死了,
可祖母还在屋里烤面包。

这是 Petronelo 节那一天,
祖母烤面包,
屋子里被烟熏了。
德国人才离开,
她就打开了窗子,

波兰现代诗歌选

可她还问道：
这是为什么？

沃伊切赫·科萨克①，奥尔辛卡之战②

团队每前进一步
　　就像森林里升起了一团焰火，
　　战士们勇往直前，信心百倍，
　　在胜利中夺得的草原被鲜血染红了。
　　　　这是近卫军的队伍，有他们的誓言。

机关枪响了，不可抵挡。
近卫军战士胸怀英雄主义的大志，
在雪地里行走，打上了坚实的绑腿，
他们在战场上，喊出了
　　"为了我们和你们的自由"的口号，

这口号就像战鼓雷鸣。

战士们前进的步伐不可阻挡。

被硝烟熏黑的双腿虽然伤痕累累，
在蓝军装中却蕴藏着美丽的神话。

---

① 沃伊切赫·霍拉齐·科萨克（Wojciech Horacy Kossak，1856—1942）波兰画家，画过许多拿破仑战争和波兰1830年11起义的战斗场面的画。
② 奥尔辛卡·格罗霍夫斯卡（Olszynka Grochowska）为华沙的一个城区，1831年11月在华沙爆发的抗俄民族起义中，波兰起义军和沙俄占领军在这里打过一仗。

耶日·哈拉塞姆维奇

同志,你不用当心!
我们的身后有强大的祖国,
她的面孔虽然被熏黑了,
可她胸中自有百万雄兵。

贝姆在战场上也放过火炮,
就像雷鸣电闪一样。

你看!当暴风雨来到的时候,
也飘洒着雪花,
沙皇的心中产生了恐惧。

在大雪纷飞的冬天,
战士的头上就像戴上了玻璃罩,
请给我一杆枪,我要用它对准敌人的心脏。

皮耶特卡和涅戈齐的炮兵连开火了,
沙皇的士兵后退了,
请给我一杆枪,我要用它对准敌人的心脏。

战士们发出的誓言就像战鼓雷鸣一样,
在战地里的烟火中,
　　他们前进的步伐不可阻挡。

卡尔斯基上校在马上抽了一口烟,
　　对大炮的轰响,战火烧到了月亮上
　　都毫不在意。

波兰现代诗歌选

"还有一些孩子,
也参加了我们的队伍。"
　　普隆增斯基也说,
他用寒光闪闪的军刀指向了
　　被血染红的天空。

这里还有民兵的队伍,
黑压压的一大片。
　　为近卫军更增添了力量,

战士你可知道,
敌人已经
被打退了。

斯坦尼斯瓦夫·格罗霍维亚克

斯坦尼斯瓦夫·格罗霍维亚克（Stanisław Grochowiak，1934—1976），诗人、作家和剧作家。有诗集《拿着火钩子跳美女艾舞》[①]（1958）、《梦的选择》（1959）、《脱光睡觉》（1959）、《醋果》（1963）、《典范》（1965）、《不曾有过的夏天》（1969）、《打乌鸡鸟》（1972）、《台球》（1975），长篇小说《木兰花神甫房》（1956）和剧本《象棋》（1961）、《木管乐器演奏圣韵变奏曲》（1962）等。

四行诗

一
和气的太太，这里没有你，
快乐的太太，这里没有你。
我打湿了桨，
把它伸到了水底下。

水底下有水生植物，
我的桨怒气冲冲地把它们挑了上来，

[①] 法国旧时的一种舞蹈。

波兰现代诗歌选

快乐的太太,你在这里,
和气的太太,你在这里。

二
剑之王,这里没有你,
秤之王,这里没有你。
我站在城墙上,光着身子,
空气的翅膀把我托起。

有个白色的东西在天上飞,
严肃变成了勇敢,
剑之王,你在这里,
秤之王,你在这里。

三
坚强的智慧,这里没有你,
讽刺大姐,这里没有你。
我在追赶,我的思想
却躲在人群中。

但我会做一件事,
用手捧着脑袋来思考,
用手把你,讽刺大姐拉过来,
用手向你,乞讨智慧。

1972 年

斯坦尼斯瓦夫·格罗霍维亚克

哈尔什卡

我在克鲁普尼契拉街一间小房子里，
见到一个少女在一大堆书中，
她不漂亮，但很美丽；
她不温柔，但很感伤。

她身穿一件英格兰式的裙衣，
这是一件冬天穿的裙衣，
也包住了她的手和防寒的手套。
她学过哲学，
她在这间阴暗的房子里活动，
像在鸟窝里一样。

她要她的朋友
长时间地不要对她说话，
也不要对她笑，她最害怕笑。
她要说的话就是苦艾和马林果有什么味道，
但她心里很明白。

后来我们长时间地
走在铁路沿线和雪地里，
跟在她的身后，
像一群少年一样地无知。
因为我们过去从来没有得到过母爱。

是的，高贵的人们！

波兰现代诗歌选

> 不要因为我们忘记了我们
> 那些最美的死者而感到遗憾，
> 因为最悲哀的离别是
> 他们早就把我们忘了。

1972 年

哈琳娜·波希维亚托夫斯卡

哈琳娜·波希维亚托夫斯卡（Halina Poświatowska, 1935—1967），波兰女诗人。有诗集《偶像崇拜的颂歌》（1958）、《今天》（1963）、《手的赞歌》（1966）和《再一次回忆》（1968）等。

※ ※ ※

我来自流水，
来自树叶，
那急急忙忙响着的风声
使我浑身发抖。

我从夜里来，
可是这夜却不愿离去，
因为它以贪婪的眼神
正注视着天上的星星。

夜——天上的脉搏，
因为它的渴求没有得到满足
在躯体的每一根经络中，

波兰现代诗歌选

在指尖不停地颤抖。

我的嗓子哑了,
不得不长时间地保持沉默,
可我所有的时日,
都已驾着宽阔的翅膀,
悄无声息地离去。

1958 年

* * *

谁能在爱情和死亡之间
说一个关于生存的笑话,
我就给他的书上贴上
一块棕色的膏药。
我听到了说话的声音,
可是谁也不能将它
置于爱情和死亡之间。
我有时,
眯着眼睛看太阳,
望着彩霞,
面对着面,
或者背对着阳光,
内容消失了,
在边上,
爱情,死亡。

1963 年

哈琳娜·波希维亚托夫斯卡

＊　＊　＊

我看不见了，因此她也不在了，
我见不到光
她就是我的一切，
太阳——我的女儿，
星星——我的女儿。

鸟儿唱的
是一只悲歌，
掘墓人挖出了鲜花的根，

我种上了一株树，
它的气味
使我想起了
她不在这里。

我是一个可怜的女人，
一把沙土的母亲。

1963

＊　＊　＊

我把火漆涂在手指上，
它会大放光彩，
我的先生，请你怜惜

波兰现代诗歌选

我的想法吧!

我用深色的粉笔
涂画着我的眼皮,
满天星斗都在我的视线中。
我的先生,请你怜惜
我的渴望吧!

我以亲吻来迎接你,
很简单,
我的先生,请你怜惜
我的爱情吧!

1966 年

* * *

每当我想要活下去的时候,
当生命将要离我而去的时候,
我就高喊:
生命,我就在你的身边,
你不要离我而去。

我的手紧握着它的温暖的手,
我的嘴巴正对着它的耳朵
说话。

生命,

哈琳娜·波希维亚托夫斯卡

生命就像是我的情人，
它要离我而去。

我抱着它的脖子叫道：
如果你要离我而去，
我只有死。

1966 年

＊　＊　＊

这是我的家，
它的墙壁
在我想象不到的温暖的睡梦中。
我写最美的诗，
写的是孩子的头发，
可是这头发从来没有缠在我——
一个女人的手中；
我写嘴巴，它的悲哀的渴望
也没有使我在夜里感到不安；
我写爱情，它在伶俐的鸟语中，
在玫瑰花的色彩中，
在割下来的青草的芬芳中，
在疾迅落下的星星中，
在苦涩中，
也没有开出鲜艳的花朵。
蝴蝶的翅膀被剪断了，
在焰火中被烧掉了。

波兰现代诗歌选

爱情虽然美好,
但在我的阴影中
却没有实现。

1968 年

* * *

这个希望的角落是多么有趣,
它放射着热情的光芒,
像铜雕的花瓶一样,
它是那么纯洁,
升起了热情的云雾。

爱情
身着一件短小的袍服,
在不耐烦地抖动,
胡须下的膝盖,
在角落里颤抖。

眼睛——灯塔,
在燃烧,
可黄昏已临近。

妒忌,
雪一样柔软的指头,
在玻璃窗上跳舞,
像荡桨一样。

哈琳娜·波希维亚托夫斯卡

呼出的气在燃烧，
散在每一个空间里。

风
吹遍了所有的地方，
把散乱的东西都吹到了一起，
可喜的存在，
我在这里等待
那卷在一起的线团。

1968 年

* * *

我在想念中写诗，
我在痛苦中写诗，
躯体中能唱歌的果子。
我望着那些孤单的手指，
能够写出五首长诗，
这些长诗被送到了
我紧闭的嘴边上。
我悄声地说，
我的话是大海上飘动的韵律，
它就是我的诗，
一些带盐性的潮湿的诗，
流在我的脸上。

爱尔内斯特·布雷尔

爱尔内斯特·布雷尔（Ernest Bryll, 1935—　），诗人、作家，从1954年开始，曾先后任《直言》《青年旗帜报》《当代》和《文学月刊》的编辑，波兰室内电影集团和华沙波兰剧院文学部主任以及"希希霞"电影集团的艺术总监。1975至1978年任伦敦波兰文化研究所所长，后任波兰驻爱尔兰大使。有诗集《一个疯人的除夕》（1958）、《公牛的自画像》（1960）、《被遮住的面孔》（1963）、《实用艺术》（1966）、《玛佐夫舍》（1967）、《贝壳》（1968）、《道一声你好的讽刺诗》（1969）、《诗选》（1970）、《苦艾》（1973）、《小动物》（1975）、《一颗蓝色的星》（1976）、《这条河》（1977）、《有时我遇到了自己》（1981）、《油烟》（1982）、《信鸽》（1986）、《诗歌——战斗中的团结工会》（1987）、《瀑布里的一滴水》（1995）、《神秘的酒杯》（2000）、《明山，琴斯托霍瓦》（2001）、《瓶子里的一封信》（2004）、《在她微笑的彩虹上》（2007）和《金龟子》（2009）等，此外他还出版了大量的小说和电影文学剧本。

树的歌谣

虽然有人用锯子把它们锯了下来，

爱尔内斯特·布雷尔

一排排地摆放在地上，
可是谁也不会说，
树不能砍。

在我们这个阴暗的城市里，
有形状像鹿腿一样的脚的桌子，
保险柜里的木板
被风吹得发出嗒嗒的响声；
厨柜是用粗大的松木做的，
它就像一头野牛，
被塞在巨大的壁缝里。

谁也不能说，
树不能烧。
炉子里会长出新的树林，
云杉在暴风雨中发出轰隆的响声
它们的筋骨都连在一起。

谁也不会说，
你爱这块地板吧！
把它放在草地上就变白了，
它是我们家里的太阳。

我们这里又有
被伐木工砍下的东西。

在锯下的东西中有桌子，
夜晚你去抚摸它一下吧！

波兰现代诗歌选

那些剩下的树枝
都哗剌剌地飞到天上去了,
印刷工们在敲打着什么,
好像要说:
小东西,祝你健康!

1960 年

为什么这么困倦……

为什么每天早晨,我们都这么困倦,
就好像每天晚上,我们都没有睡好觉似的?
为什么脸色那么苍白,两眼那么衰老?
为什么要跑得那么喘不过气来,
就好像这个地球在我们的脚底下不停地摇晃?
为什么这些我们都弄不明白?我们要跑到哪里去?
既然有这么多为什么,我们要高喊:快点!快!否则我们要倒下了。

爱德华·斯塔胡拉

爱德华·斯塔胡拉（Edward Stachura, 1937—1979），诗人，作家。有诗集《大火》(1963)、长诗《让蝗虫在花园里吃个痛快》(1968)、《歌集》(1973)、《诗选》(1980)、《短篇小说集》(1977) 和长篇小说《最大的亮度》(1969) 等。

献给一个上早班的工人的歌

纪念爱弥尔·左拉

五点零五分，一个著名的钟点，
闹钟响了，起身，
到厨房里去，路当然熟悉，
两条腿把他送到了那里，
在水龙头下洗那
依然昏昏欲睡的脑袋，
过了一会儿，
又躺在床上，
一直到听不到厨房里的水声，
他才醒来。

波兰现代诗歌选

　　劳动的天使呀！你是我的保卫者，
　　多么沉重的劳动！

　　咖啡、猪油、面包、
　　灌肠，有时候，
　　还要把第二顿早餐
　　装在口袋里。
　　现在要马上赶到电车站，
　　路上的"运动"是伸懒腰，
　　电车上很挤，上帝不保佑，
　　肩挨着肩，脚碰上了脚，
　　老年人也只好站着。

　　劳动的天使呀！你是我的保卫者，
　　多么沉重的劳动！

　　八小时紧张的劳动，
　　像不停地挨鞭子一样，
　　一天过去了，回到家里，
　　坐在电视屏幕前，
　　饭桌上摆着一杯酒和杏仁糖。
　　今天小伙子们有一场重要的球赛，
　　场上都是我们的球员
　　在发动进攻，
　　射门，没有进，
　　合围，也没有合成。

　　劳动的天使呀！你是我的保卫者，

爱德华·斯塔胡拉

多么沉重的劳动!

让我们安静地睡个好觉,
终归是件好的事。
……………………
……………………
那么梦见了什么呢?物价飞涨。

劳动的天使呀!你是我的保卫者,
多么沉重的劳动!

周围有雾

这流浪的日子还有多久?
啊,星星!你给我指错了方向,
我这一生,到头来还要受尽苦难,
你把我赶了出来,还把门给我关上。

我的家在哪里?怎么才能回到家里去?
我住过的学生宿舍在哪里?它的门槛在那里?
那里的河上有一座桥,河那边有一个果园。
那里还有一块空地,空地那边是另一个世界。

可是这条搭了桥的河在哪里?
这个白色的果园在哪里?
果园里的苹果树在哪里?
树上结了那么多果子,都被风吹落了,
我这只手曾把它们当成花一样,

高高兴兴地拾到了篮子里。

这是什么地方，离开那一团云雾已经很远，
我走啊，走啊！把一双双的鞋都磨破了，
鸟儿聚在一起，飞啊飞啊，都朝着同一个目标，
它们没有像我那样，迷失方向。

这流浪的日子还有多久？
啊，星星！你给我指错了方向，
我的一生，到头来还要受尽苦难，
你把我赶了出来，还把门给我关上。

1973 年

马列克·瓦夫什凯维奇

马列克·瓦夫什凯维奇(Marek Wawrzkiewicz, 1937—)生于华沙,曾在波兰罗兹大学攻读历史。1960年出版第一部诗集《在沙上作画》。后做了广播电台和报刊记者三十多年,发表过数百篇主要涉及文化领域的文章,担任过《新词》《诗歌》等文学刊物和《女性与生活》周刊的总编。2003年开始任波兰文学家联合会理事会主席。现已出版诗集、小说、文学评论、随笔和译著等三十余种。近年出版的诗集有《午后》(2001)、《每条河都叫冥河[①]》(2002)、《埃利亚达和其他的诗》(2003)、《阴郁的天气》(2003)、《越来越细的线》(2005)、《十二封信》(2005)、《生命的极限》(2006)、《微光》(2007)和《过去的太阳》(2010)等。在波兰获得过多种奖项。这里选的诗大都是他来中国各地旅游时写的。

我的神话

在木头和芦苇秆上涂上泥土,
再加上色彩,让它干固。

然后,带着沙漠上的沙土的佛祖

[①] 这是希腊神话中一条环绕冥土的河。

便飞到这里来了。他在泥土中藏身，
他住在树上，他被色彩覆盖。
他就是佛祖。

他因为在空中旅行
而感到困倦，便睁开眼睛，
已经沉睡了十四个世纪。

他是一尊石雕像，
但他却活着，
他的手指甲长得很长。
每过一段时期，
晚上就有一些僧人来到他跟前，
为了表示对他的敬仰，
他们架起了一层半楼高的脚手架，
用电锯把他伸得很长的指甲全都锯掉。

第二天一大早，清洁工们
便从地上扫除了那些断碎的石块，
他们对这并不感到奇怪，
因为他们知道
这是从哪里掉下来的。

他们都对佛祖有所了解，
佛祖在永恒的……
他向他们出示了
时间一律的证据。

敦煌，2007年8月

马列克·瓦夫什凯维奇

有和没有

东方古代的一位智者说过:
"什么都有和什么都没有。"

但是,
有的都会失去,
没有的都会拥有。
更多的是过去,
而现在的却越来越少了。
地平线否认它有自然的属性,
但用手就可以触摸到它。

绿色的小草都萎谢了,
雨天变成了阴天,
黄昏时刻的东方,太阳,亲吻。

在一座小山坡的那边,
有一扇通往一条天路的大门,
它在蓝色的云雾中说梦话。

那个中国少女把一首多愁善感的歌又唱了一遍,
以表达她对已离她而去的心上人的思念,
她的心上人终将回到她的身边。

请相信,
这些美丽的传说,

波兰现代诗歌选

属于那个曾经相信它们的人。

西宁，2007 年 8 月

一次对我很值得的旅游

致亚当·马尔沙韦克

到这里来吧！这里是黄山，
在安徽省。到这个玻璃箱子里去吧！
它就在那个山峰的下面。
它要飞过一片松树林和竹林的上空。
然后你将涉足于一片又冷又湿的云雾中，
沿着陡峭的石阶和小径爬上去，
一团团云雾会洗去你昨天的睡梦和思念。
你若把你不知名的那株树上的叶子摘下来尝一尝，
就会想到这种苦味来自最最遥远的远方。
你要回到那把你赶出来的地方，
你也应当知道那个山峰你爬不上去，
但你却不知道别的人为什么爬上去了。
希望你的退缩有一个好的心情。
这里是黄山，
距离合肥两百公里。
你要知道你已经老了，知老就得服老。

在别的地方没这么容易。

2008 年 11 月

马列克·瓦夫什凯维奇

相片上

这是脖子，胸脯卷进了脖子里，
又从海蓝色的裙子里显露出来。
秀发像柔软的浪花一样，遮住了高耸的前额，
在那醒目的右耳上，还有一只耳环在不停地摆动。

她很明显，在相片上看着我。
我知道，这至少已经过去三个世纪了，
她见到了几十个男人，但她
好像在等待，想要见到我。

那些男人都闭上了嘴巴，躬下了身子，
想要说，我已经见不到他们了，
我只是瞅着你，因为你
分担了他们的命运。

显然，但是，无论如何，
我们大家都在她的视线中得救了。

2011 年 10 月

彼得·梭梅尔

彼得·梭梅尔（Piotr Sommer, 1938— ），诗人、翻译家。有诗集《在椅子上》（1977）、《我们留下的纪念品》（1980）、《抒情的因素》（1986）、《抒情的因素和其他的诗》（1988）、《牧歌》（1999）、《新的语词关系》（1997）、《睡前》（2008）和《地上的早晨》（2009）等。此外他翻译出版过一系列英国、美国和爱尔兰现代诗人的作品。

牧歌

你读一读这几个句子吧！
我听起来好像是另外一种
对我陌生的语言，
也可能一直是那样。
（虽然我说过你说的话，
用过你用的词汇），
我也用你的语言说过这样的话。
我站在你的身后，
只是听着，没有说话，
我用你的语言
唱我的歌。

彼得·梭梅尔

你读一读吧!
就好像你只想听听,
也不用听懂。

雷沙尔德·克雷尼茨基

雷沙德·克雷尼茨基（Ryszard Krynicki, 1943— ），诗人。有诗集《迅速追赶，迅速逃跑》（1968）、《诞生》（1969）、《我们的生命在延长》（1978）、《如果在一个国家里》（1983）、《诗歌，声音》（1985）、《独立自立的虚无》（1988）、《无害》（2002）和《石头，霜》等。

纪念塔杜施·佩伊佩尔

谁选择了孤独，他永远不会孤单；
谁选择了无家可归，他将以全世界为家；
谁选择了死亡，他的生命不会止息；
死亡选择了谁，
他就会死去。

亚当·扎加耶夫斯基

亚当·扎加耶夫斯基（Adam Zagajewski, 1945— ），波兰著名诗人和作家。生于乌克兰的利沃夫，有诗集《公报》(1972)、《肉店》(1975)、《信》(1978)、《信，赞美众多》(1982)、《行驶到利沃夫》(1985)、《画布》(1990)、《野樱桃》(1992)、《炽热的土地》(1994)、《三个天使》(1998)、《迟到的节日》(1998)、《欲望》(1999)和小说《温暖和寒冷》(1975)、《细线条》(1983)等，是20世纪60年代波兰新浪潮派代表诗人之一，曾获众多的国际文学奖。

宁静

就是在大城市里，
有时候也会显得宁静。
在人行道上，只听见风吹拂着
头年飘落的树叶的沙沙声响，
这些树叶在不断的飘游中，
走向了毁灭。

波兰现代诗歌选

一首中国诗

我读一首中国诗,
它是在一千年前写的。
作者写的是雨,
这雨在一只小船的竹篷上下了一夜。
作者写的是平静,
他的心上终于获得了平静。
十一月,雾蒙蒙的天,
黄昏像铅一样地凝重,
这难道是一种巧合?
有个人还活在世上,
这难道是一个偶然?
诗人们总是把成就和奖励看得很重,
可是一个又一个的秋天过后,
那些骄傲的大树被剥掉了树叶,
它们还能留下什么?
恐怕只有在没有欢乐也没有悲哀的
诗中留下一点儿细微的雨滴声了。
只有洁净是看不见的,
夜晚、光亮和阴影在考察秘密,
把我们都忘了。

懂得道理的人是什么样子

懂得道理的人是什么样子?
这种人系什么领带?

他说起话来是否都有完整的句子?
他是否穿得很破烂?
他来自血的大海还是忘却的大海?
他身上有很大的盐味。
他是哪个时代的人?
他的脸色是否和泥土一样?
他是否做梦的时候才哭?
是否一直在这间房里胸口面对着墙壁?
是否总在和自己说话?
他大概住在一个老人租给他的房子里,
为了这间房付出了高额的租金。
他也许是从某个城市被流放到这里来的,
他的流放是否算件有趣的事?
如果算件有趣的事,
对他来说,是不是一种赦免?
谁能回答这个问题?
他大衣上那些斑点是怎么来的?
站在他背后的那个人是谁?
你能不能告诉他,
所有的一切都决定于怎么去对待,
但不知道什么是真的?
当他躬着身子走在街上的时候,
(因为他肩上扛着一个沉重的脑袋),
你认不认得他?

悲哀,劳累

阿尔诺菲尼太太离开了她的丈夫。

她感到悲哀，又十分劳累。
她的长相并不漂亮，
只是一个人孤单单地站在窗子旁，
和一块称为街道、世界或城市的画布相隔不远。
柏格森的一只小虫被蛛网套住，
在网上拼命地摇晃和挣扎。
我们之间隔着一片大海，
我们之间刮起了一阵狂风，
我们之间不打仗了，
我们在互相思念，
不愿见到别的一切，
只有那些武士在数着囊中的箭。
阿尔诺菲尼太太十分劳累。
她的长相并不漂亮。
只是一个人孤单单地站在窗子旁。
阿尔诺菲尼太太，
打开你那扇明亮的窗子吧！

火，火

笛卡尔的火，帕斯卡[①]的火，
灰烬和火，
夜晚点起了看不见的篝火。
这火不会破坏，却能创造，
它要恢复大火在五洲四海焚烧的一切：
亚历山大的图书馆，

[①] 帕斯卡（Blaise Pascal, 1623—1662），法国数学家和哲学家。

亚当·扎加耶夫斯基

罗马人的信仰，

新西兰小姑娘的呻吟。

它就像蒙古人的军队一样，

摧毁了木头和石头城池，

然后盖起轻便的房屋和看不见的宫殿。

它命令笛卡尔推翻旧的哲学，

创立新的哲学。

它会变成一把燃烧的树枝，

它要唤醒帕斯卡，

它要把大钟敲响，

然后用勤勉把它熔化。

你们见过它是怎么读书的吗？

它读了一页又一页，

读得很慢，

像刚学拼音那样。

火，这是赫拉克利特[①]的火，

一团永不熄灭的火。

一位贪婪的使者，

一个吃了野果嘴唇变黑了的少年。

力量

这力量

在树干上

和植物的液汁中跳动，

[①] 赫拉克利特（Herakletos，公元前540—前480），古希腊哲学家，曾提出宇宙论，认为火是一个有秩序的宇宙的基本物质要素。

在亲吻和渴望中悄悄地躲藏。
虽然它已躲藏起来,
但有时又露出了身影。

这力量
在拿破仑的梦中妄自尊大,
它命令他去征服俄国的冰雪,
可冰雪在诗中却坚不可摧。

果实

致切斯瓦夫·米沃什

生活不可捉摸,只有在回忆中,
或者当它不存在的时候,
才露出脸面。
午后的时间不可捉摸,
饱含着水分、发出沙沙声响的树叶不可捉摸,
成熟的果实不可捉摸。
女人身上的绫罗绸缎不可捉摸,
虽然她们走在这条街的另一边。
孩子们的叫喊声不可捉摸,
虽然他们刚从学校里回来。
圆形的苹果不可捉摸。
树冠在空气的热浪中抖动,
耸立在地平线尽头的高山不可捉摸,
天上的彩虹不可捉摸,
一朵朵白云在天空中飞翔,

亚当·扎加耶夫斯基

午后宝贵的时间不可捉摸。
我的生活,我的自由的生活不可捉摸。

在外国的城里

致兹比格涅夫·赫贝特

在外国的城里有人所不知的欢乐,
有通过新的视角才能见到的冷若冰霜的幸福。
阳光在黄色的墙壁上像蜘蛛一样爬了上来,
可是这栋房子却不属于我,
不论房子,还是市政厅、法院和监狱
都不属于我。
大海的海水流过城市,淹没了地窖和台。

午后市场上的苹果堆成了一座座金字塔,
一些疯人用外国的语言在不停地吵闹,
连我对这都忍受不了。
一个姑娘在咖啡馆里感到孤独和绝望,
就像博物馆里的一块麻布。
一面面大旗随风飘荡,
就像在我熟悉的地方。
被褥、幻想和无家可归的疯狂想象
都有铅一般的重量。

作品选

晚上我读作品选,

波兰现代诗歌选

窗外凝聚着一团团紫色的云，
过去的一天消失在博物馆里。

啊，你！你是谁？
我过去不认识你，现在还是不认识你。
我究竟生来就这么高兴，
还是生来就这么悲哀？
难道我还要长时期地等待？

黄昏时刻，空气新鲜，
我读作品选，
古老的诗人复活了，
在我的心中歌唱。

寻找

我回到了我的故乡。
我在这里度过了童年和青少年时代，
我在这里住了整整三十年。
可是这座城市对我却十分冷淡，
街上的广播不停地说：
你没看见大火在这里焚烧？
你没听见烈火的咆哮声？
走开吧！
到别处去寻找吧！
到别处去寻找真正的祖国！

亚当·扎加耶夫斯基

她在暗处写字

致雷沙尔德·克雷尼茨基

尼利·萨克斯住在斯德哥尔摩的时候,晚上经常在微弱的灯光下工作,因为她怕妨碍她生病的母亲休息

她在暗处写字,
在绝望的驱使下写字,
这些字像彗星尾巴一样沉重。

她在暗处写字,
只有壁上挂钟的呻吟
才打破了这里的寂静。

她把头低到纸上的时候,
这些字也仿佛昏昏欲睡。

她在暗处写字,
她很懂得这个并不年轻的女人,
就像懂得自己的笔那样。

夜晚对她表示怜悯,
城市清晨笼罩着玫瑰手指的朝霞,
出现了一座灰白色的监狱。

她睡着了,

波兰现代诗歌选

但又被黑鸟唤醒,
哀怨和歌唱永无止息。

自画像

我手拿铅笔在电脑和打字机旁工作了半天,
这半天工作产生了半个世纪的结果。
我住在一个外国城市里,
和外国人谈论我不了解的事情。
我爱听巴赫①、马勒②、肖邦和肖斯塔科维奇③的音乐,
在音乐中我找到了力量,
发现了我的弱点和痛苦,
可是还有一样东西我叫不出它的名字。

我读过在世或者已故的许多诗人的作品,
从他们那里获得了信仰、坚持和力量,
懂得了如何保持自尊和自爱。
我想了解伟大哲学家们的思想,
但我只了解那些宝贵思想的片段。
我爱在巴黎的大街小巷长时间地散步,
看到我亲近的朋友都充满了妒忌,
因为某种愿望实现不了而表示愤怒。
我还看见一枚银币从一只手转到另一只手中,
改变了它圆的形状。

---

① 巴赫(Johann Sebastian Bach, 1685—1750),德国作曲家。
② 马勒(Gustav Mabler, 1860—1911),奥地利作曲家。
③ 肖斯塔科维奇(Dymitr Szostakowicz, 1906—1975),苏联作曲家。

亚当·扎加耶夫斯基

（银币上的皇帝像被磨损了）
街边有许多高高的大树，
凭着绿色的枝叶显示了举世无双的完美，
可是除此之外却并不意味着什么别的。
黑翅膀的小鸟在田间漫步，
又仿佛在等待什么，
就像西班牙的寡妇那样。

我并不年轻，
但有的人看起来比我更衰老。
我爱深沉的睡梦，
因为这时我将不复存在。
当我骑车在乡间的马路上跑过去时，
路边的白杨树和房屋就像天上的云彩。
也从我的头上飞了过去。
博物馆里的油画在对我说话，
不带讽刺。
我以赞美的眼光望着我妻子的面孔，
每逢星期天，我都打电话给我的父亲，
每两个礼拜，我和朋友们会一次面，
为了增进我们之间的信任。
我的国家从一种罪恶的压迫下获得了解放，
但我希望它再获得一次解放，
然而我不知道我在这里能做些什么？
马查多·安东尼奥[①]说他是大海的儿子，
我不是大海的儿子，

[①] 马查多·安东尼奥（Antonio Machado，1875—1939），西班牙诗人。

波兰现代诗歌选

我是空气的儿子,薄荷和大提琴的儿子。

大千世界,并不是所有的道路都对我畅通无阻。

爱娃·李普斯卡

爱娃·李普斯卡（Ewa Lipska, 1945— ），诗人、翻译家，生于克拉科夫。有《诗歌集》（1967）、《第二诗歌集》（1970）、《第三诗歌集》（1972）、《第四诗歌集》（1974）、《第五诗歌集》（1978）、《这里说的不是死，是搓好了的白丝线》（1982）、《黑暗的藏身地》（1983）、《作品选》（1986）、《厌世者的假日》（1993）、《绿风车的同伴》（1996）、《白草莓》（2000）、《动物商店》（2001）、《我》（2004）、《别处》（2005）、《刺》（2006）、《牛顿的橙子》（2008）、《回声》（2010）等二十余部。她的作品曾翻译成多种西方文字在欧美各国出版，此外她自己也翻译出版了大量西方各国的文学作品。

学习

我要学会下象棋，
已经是第六天了，我要学会下象棋。
我读过一些学习资料，
想要了解势态的严重，
我越来越把心思
用在对社会事务的关注，

波兰现代诗歌选

我不断地操练着这双手。

我想做一个动作，
可是我的老师突然对我说：
要学会下象棋，
不用手。

> 1967 年

对鸟说话

我对鸟说：
我急着要走了。

鸟对我扇动着翅膀，
给了我一本飞行指南。

我家的桌子

我家的桌子
比普通的桌子要大得多，
可是这样的桌子越来越少了。
我们都坐在桌子旁，奶奶说：
她以前缝过一件连衣裙，
后来革命爆发了，
她上了前线，没有把它缝完，
就扔到了一边，她很悲哀，
就把它扔了。

爱娃·李普斯卡

甜菜汤太咸，大海是那么广阔，
家里的人不知道说什么，
每个人都有自己爱看的风景，
不管什么时候，都要到阳台上去看风景。
奶奶老这么想：革命爆发了，
她上了前线，没有把这件连衣裙缝好，
就把它扔了。
可是革命胜利了，
我给这件连衣裙拍过一张照片
现在受到了大家的喜爱和尊敬。

习惯也变了，年轻的一代都这么说：
我要喝一杯烧酒，
但喝完酒还要喝一杯茶。
我要大声说话，要大喊大叫，
但我也要保持安静。
我会说英语和西班牙语，
但我要把这些外语说得很地道。
我要为祖国献身，
我欠了弗兰内克三百兹罗提。

年轻的一代也这么说：
奶奶把连衣裙扔了，
她就没有东西可织了。

我坐在我的书桌旁，
想着我家的那张桌子，

波兰现代诗歌选

突然见到窗外有一群孩子,
正往铁路上一个
大家都不知道的地方跑去,
这一代人和我们
没有什么不一样。

拉法尔·沃雅切克

拉法尔·沃雅切克（Rafal Wojaczek，1945—1971），诗人。有诗集《季节》（1969）、《别的童话》（1970）、《未完的十字军远征》（1972）和《作品集》（1976）等。

祖国

母亲有教堂上的宝塔那么聪明，
母亲比罗马教会还伟大，
母亲的胸怀有穿越西伯利亚的大铁道
和撒哈拉大沙漠那么宽广。

母亲的虔诚像党的日报，
母亲比消防队员还美，
母亲比侦察兵还有耐心，
母亲总是像临产时那么痛苦。

母亲像橡皮棍一样的真实，
母亲像能解渴的啤酒那么善良，
母亲的胸中有两百个真诚。

母亲像小卖部那样总是惦记着人们,
圣母就像波兰的女王,
别人的母亲也是波兰的女王。

1969 年

博赫丹·扎杜拉

博赫丹·扎杜拉（Bohdan Zadula, 1945—   ），诗人，散文家和翻译家。有诗集《海上旅行》(1971)、《和奥斯坦德告别》(1974)、《小小博物馆》(1977)、《着陆》(1983)、《一些老相识》(1986)、《照片》(1990)、《安静》(1994)、《诗人们的夜晚，作家们的华沙》(1998)、《长诗》(2001)、《鸟的感冒，给女人和男人写的其他的诗》(2002)、《诗歌第一卷》(2005)、《诗歌第二卷》(2005)、《诗歌第三卷》(2006) 和《诗选》(2011) 以及散文和小说集《夏天和暖的太阳》(1968)、《再见吧，罗马》(1980)、随笔《阅读的快乐》(1980)、《散文第一卷：短篇小说》(2005)、《散文第二卷：长篇小说》(2006) 等。此外还翻译出版过多种西方现代文学作品。

第一眼

一眨眼，
都表示赞同。

斯坦尼斯瓦夫·巴兰恰克

斯坦尼斯瓦夫·巴兰恰克（Stanisław Barańczak，1946— ），诗人、文学评论家，翻译家。有诗集《一次吸气》（1970）、《晨报》（1972）、《人工呼吸》（1974）、《我知道，这不对》（1799）、《混凝土、疲劳和雪的三折画》（1980）等，翻译出版过英国、美国和俄罗斯的诗歌。

记录

我知道我有错，
这毫无疑问（掌声），
上一个发言的已经说了，
但我要为自己辩护（掌声，欢呼声），
虽然这违反了规矩，
我是辩护不了的（掌声）。
我的确生出来了，
但这不是我的意愿，
有没有什么不良的意图。
这个错多少年来，
一直成了我的负担。
正像讨论中说的那样，

斯坦尼斯瓦夫·巴兰恰克

我因为有这个结论，
永远也摆脱不了（掌声）。
我总想消除我出生造成的影响，
可是（发出带讥讽的嘘嘘声）我认真地
检查了一下我今天的态度，

我定会改变这种态度，请再（笑声）
给我一次机会吧！
（从掌声到热烈欢呼）

1970 年

演奏了什么

我们看到了什么？
　　　　不是颜色。
收音机里播放了什么？
　　　　是民间音乐，
节日里，大街上在演奏军队进行曲。
年轻人爱唱歌，表现他们对生活的爱。
体育场上奏起了国歌，
玛丽亚大教堂塔楼上的号角①也吹响了，
许多人在唱国际歌游行。
大清早还可听到军号声和工厂里的汽笛声，
夜晚的电视上则播放着摇篮曲，
这些乐曲，

---

① 克拉科夫玛丽亚大教堂塔楼上每天中午十二点都要吹号。

最后会成了一曲
欢快和美丽的交响乐。
未来的民族是一个小姑娘,
手里舞着鲜花演哑剧。
我们知道,这里演奏了什么?
　　　　这种演奏又说明了什么?
有人身披金色的铠甲,
有人在拉小琴
有人在弹电吉他,
这不是别人,
就是我们自己,
我们自己弹给自己听。

可这里弹出来的是恐怖的旋律,
是矫揉造作的表演,
这种表演使我们变得愚蠢了,
最后,我们弹奏了什么?
我们表演了什么?
自己也不知道。

兹齐斯瓦夫·雅斯库瓦

兹齐斯瓦夫·格热戈日·雅斯库瓦（Zdzisław Grzegorz Jaskuła，1951— ），诗人。有诗集《巧合》（1973）、《两首长诗》、《诗歌朗诵会》和《打字机》（1984）等。

更远

我说过，
你任何时候
都不要离去！

不要离开得
比我离你更远。

列谢克·翁盖尔金

列谢克·翁盖尔金（Leszek Engelking, 1955— ），诗人、作家、文学评论家、翻译家。有诗集《去齐泰尔旅馆的公共汽车》（1979）、《自己的和别人的大罩衣》（1991）、《女书法大师》（1994）、《第五栋房子》（1997）和《童年的博物馆》（2011）等。翻译出版过多种欧美当代文学作品。

你留下了指纹

你留下了指纹，
在我的皮肉中，
在我的血液中，
在我心中颤动和燃烧的松针中。

你真蠢！可你看看你自己吧！，
现在就可以看清
你是什么样的啦！

耶日·雅尔涅维奇

耶日·雅尔涅维奇（Jerzy Jarniewicz, 1958— ），诗人。有诗集《走廊》（1984）、《谈话是可以的》（1992）、《一些没有的东西》（1993）、《不认识》（2000）、《寻踪》（2000）、《身份证》（2003）、《橙子汁》（2005）、《从另一方面，1977 至 2007 年的诗》（2007）和《整容》（2009）等。

有话说

就不会安静。

纳森护照[1]

谁对你说过？在什么时候用什么语言对你
说你在用外国语说话？
你是不是一个加泰罗尼亚[2]来的西班牙女人？
大概是那个在爱丁堡[3]的一个广场上

---

[1] 纳森护照是在第一次世界大战中，发给那些逃亡的和没有国籍的人的。
[2] 在西班牙。
[3] 在英国。

波兰现代诗歌选

卖火花①的英国人说的吧？

你不要走！我们什么也不会跟你解释。我要用加拿大语②对你说：

虽然太早，但我看见你的眉毛上有泪珠，因此我要说话。

安静！我们说起话来好像我们都是一些无国籍的人，

词典中说过佛拉芒人③的吻，

像巴斯克人④那样去用手指按别人一下，

还有瓦隆人⑤的窃窃私语，我不知道怎么翻译⑥。

你在呼唤我的名字，但是你的发音我学不会，

我只好用另一种语言的发音来和你比较。

我就叫接吻，我不要那些人来做我的翻译。

但我们愈是陌生，就愈感到亲近，

就像树木和土地、眼睫毛和视野、安静和言语一样。

我，最后遇到的还是我自己。

看见了什么？

有谁相信：我房间窗外的风景

和我女儿窗外的风景完全不一样？

或者换个说法：把这个意思告诉谁？

如果我们从家里出来，去两个不同的影院，

那么我们现在读到的和见到的，

---

① 点在一根小木棍上的一种小火，放射火花，不烧手。
② 加拿大人说英语，这里是开玩笑的说法。
③ 佛拉芒人：比利时两大民族之一，居住在比利时、法国和荷兰。
④ 居住在西班牙和法国。
⑤ 居住在比利时，讲法语。
⑥ 原文是英文。

270

耶日·雅尔涅维奇

总是两个不同的影院,
你这么看吗?也这么写吗?

在龙街和克拉库斯街①之间的那些房子,
你一眼看不到它们的尽头。那里有居民区,
但是它们不能成为一个整体。
从南方和北方来的人都把他们的家什
通过窗子在房里卸下,每次卸的都不一样,
因此就有了这么和那么一首诗。
生活在滚动,还将继续滚动,
于是就展现了一幅美景。

小女儿对我说了声"再见!"就到波罗的影院②去了。
我想拥抱她,但她已经长大,
她毫不在意地走了,窗子外面阴沉沉的。
但我看得见,我见到的都来自于大世界,
我要见到下一个幻景。

十二月(尾声)

二十年前,伦农③被杀害了。

你知道:我说过,这是《堂·吉诃德》那里来的一个男人④,

---

① 龙街和克拉库斯街都在波兰的罗兹。
② 波罗的影院也在罗兹。
③ 约翰·伦农(John Lennon, 1940—1980)英国野兽歌舞团甲壳虫摇滚乐队著名的音乐家和歌手,1980年12月8日,他在街上被人杀害,大概是因为他太著名而引起妒忌。
④ 指《堂·吉诃德》的作者塞万提斯。

波兰现代诗歌选

已经死了好几百年，
莎士比亚也没有提到过他。

他说，你相不相信，
我们都是一些
爱吃死尸的人①？

原来你在一个美好时刻
送给我比利·霍利迪②唱过的那一段，
只是一篇悼念死者的文章。

我说，你不要说了，你不要说了！

柔软的下腹

已经不是专让小孩玩长毛绒玩具和拍蝴蝶游戏的时代了，
不错，一部词典虽然无所不包
但却有好几百个新的单词没有收进去。
第一个位置后面有一个逗点，逗点后面有一大片白，
像铺上了一张白色的床单，它就是上斯比茨贝根。
到今天我也不理解，你为什么引起了这么大的争论？
你的嘴唇引起了冰川学权威的注意，
他因为过于劳累而感到全身疼痛，
不得不舍弃橙子汁，而吞下了止痛片。

---

① 指以先辈的文化遗产作为"我们"的精神食粮，意思是说自己写不出什么好东西了，这里有些自我嘲讽。
② 比利·霍利迪（Billie Hollida，1915—1959），美国爵士音乐女歌手，曾被誉为西方爵士乐坛天后级巨星。

耶日·雅尔涅维奇

我不知道,为什么没有人喊再来一个?
我们曾经随心所欲地写过许多漂亮的词句,
但现在我们只能用过去用过的
"血""汗"和"泪"这些语词了,
每个冬天,这些语词都会变得苍白无力。

一个艰难的白天之后的夜晚

我们要说的是过去,这是一个艰难的白天之后的夜晚,
你在一面黑白两色的旗帜前睡了很久,
就是国歌,这首国歌也没有把你唤醒,
也没有唤醒你那甜蜜的梦。
因为一大早,街上就聚集了许多人,
他们高举着小旗和标语牌,上面涂写了许多口号。
还有一群基督教的基要主义者[①],
这是不是一些爱喝马拉戈咖啡的人?
我不知道,我承认,我不懂得历史发展的进程,
其实它就发生在我家的小院子里。
我愈来愈经常要去翻词典了,
如果这本词典不会再版也见不到了呢?
如果你在旗帜前的睡梦
是用中文记下来的,谁都读不懂呢?
如果你根本就没有做梦,
因为你没有喝马拉戈咖啡,
艰难地度过了一整天呢?

---

① 近现代基督教新教神学思潮之一,源于美国,反对现代主义,坚持基督教《圣经》的权威。

我看见你摆好了多米诺骨牌,摆好了战斗的阵式,
那么我们的对阵可以开始了吗?

她从浴室沿着窗子爬了进来

她从浴室沿着窗子爬了进来,
就她自己一个人来了,露出了嘴巴
和白色水晶般的胳膊,还有
像雨点样的玻璃脚印。

可是你听错了,夜晚直觉的守护神!
你忘了:你即使把门紧锁起来,
你的警觉也不能睡觉!
因为她,
还会从烟囱里爬进来。

你现在有了自己的明星,
你要注意她的眼睛没有眼皮。
你在吻她那布满了
肝病创伤的手掌时,
你得让她抓住
你被风湿病腐蚀的骨头。

她从窗子爬了进来,那么干瘦,一头苍发
披在你的胸上,就像覆盖着一层白色的霜。
这是碧姬·巴铎①扮演的一个最新的角色,

---

① 碧姬·巴铎(Brigitte Bardot,1934—),20世纪法国和美国的著名影星,在世界影坛享有很高的声望。此外她还领导过保护动物权益和创建碧姬·巴铎基金会的事业,曾被誉为动物保护行动最有力的代言人。

耶日·雅尔涅维奇

但已经演完了。影片放映过后，
还要洗去脚印，擦干汗水。

世代相传

"波浪"澡堂要把它拆掉，在那里
种上小草，让那里自始至终地
种上小草。这是否可以换一个说法？
我对这个说法想理解得更好一点，
因为我可以说，我至少产生了怀疑：
水泥地上是不长草的。
但还是把这个澡堂拆掉吧！
"拆掉"这个语词管住了我们。
那么这会产生什么后果？
什么时候？这样的说法，
你不要忽视眼前的变化，
橙子汁喝完之后，坐在我们这里的这些人
就会喝可口可乐，唱起"总是那么空虚"[①]
和"让它就那么样，阿门！"[②] 的歌来。

目录

她，你听见了，她没有听见。她在听，
她的耳朵上有助听器。
但它没有任何标志，只是一件东西，

---

① 苏联歌曲。
② 英国披头士 Beatles 四人爵士乐队演唱过的一支歌。

波兰现代诗歌选

她很勉强地和一个不发声的个体连在一起。
储有信息的光盘、小室、干燥器和扩散器,
一个普通的目录保证了它们有序的编排。

她,你看见了,她没有看见。她在看
那窗子外面一闪而过的景物:
苏联式的坦克、高架桥、斯凯尔涅维采①的墓园。
他本来可以抓住她的手,但是他知道,
抓住她的手又怎么样,什么问题也解决不了。
他不能让火车停下,但他可以跟踪她的足迹,
抹去他自己的脚印,脱下悲哀的T恤衫。

这就是她的家?还是在旅途上?
这是别人的铺盖?在道具室里
有笔记本电脑、梳妆盒、指甲刀,
此外就没有别的了?他不知道怎么办,
一句话也说不出来,
什么也听不见。

蜥蜴

城里的每间房里,都打响了清晨5点,
一个窗子后面还有一些窗子,
可它们在窗玻璃外警觉的视线中,却没有留下身影。
他虽然爱她,可她却不理睬他。
我们就来打个比方:她无意识地接受了他的爱,

---

① 地名,在波兰罗兹省。

耶日·雅尔涅维奇

这就使我们和一个窗子后面的那些窗子，
和那粗糙的窗户台，和她的手永远分不开了。
她的手里是不是有一只被夜晚的雨水浸湿，
可全身依然发热的蜥蜴？
她的身材是那么不匀称而显得可怕，
一些没有轴心的图画把她从梦中惊醒，
又让她梦见了一道刺眼的闪光。
一些树枝由于覆盖着许多晶盐，
被压弯了，都掉在小汽车的车顶上。
一只看不见的手指在窗玻璃上画了一根线条，
还有一团火烧到了窗玻璃上。

1986 年

在这个不体面的传记中有很多不体面的东西：
我比母亲活得长些，我曾来到雷特金①唯一的
一家药店给她买吗啡，在这里买吗啡是合法的。
哥白尼医院的医生们写明了它的剂量，要使她"不依赖它"。
后来她还活了两个月，就再也不依赖它了。
我把她安葬了几个月后，便邀请彼得列克来到了罗兹，
他给大学生们讲了沙丁鱼，
可他们想得到的是《来自被围困的城市的报告》②。
他快四十岁了，但比我的这些刚刚中学毕业
还依赖着他们原来的学校的大学生还年轻些。

---

① 罗兹的一个城区。
② 兹比格涅夫·赫贝特的一部诗集。

波兰现代诗歌选

他走了后,我发现东部境外有一个切尔诺贝利①,
有一支游行队伍在彼得科夫斯卡街②上走过,
我发给了孩子们卢戈尔③。二十年后我写了这首诗,
如果我给你们朗读,我就会永远活下去;
如果你们自己读,那就什么信得过的东西都没有啦!

---

① 核电站名,在乌克兰,1986 年这里曾发生大量的核泄漏,造成严重后果。
② 在罗兹。
③ 一种可以防治核能辐射的汤药。

安杰伊·梭斯诺夫斯基

安杰伊·梭斯诺夫斯基（Andrzej Sosnowski, 1959—　），诗人，翻译家。有诗集《朝鲜的生活》（1992）、《海尔的季节》（1994）、《寄宿学校》（1997）、《哪个地方的彩虹不接触地面》（2005）和《长诗》（2010）等。翻译出版过多种欧美当代文学作品。

无题

这位女士得到了一朵黄色的玫瑰花，得到了两次。
她穿着一件黑色的礼裙去参加舞会。
她是不是有点迟到了？
在商店的橱窗里，摆着各种批发和零售商品。

在行人走过的大街上，可以听到金属片踩在地上的响声[①]，
还有另外一些景象，我不用说了。

[①] 波兰的鞋匠在修理皮鞋时，总是在鞋底上钉上一块金属片，它一踩在地上，便发出"嘎吱"的响声。这两句诗是多义的，也可译为："在我一生走过的那些大街上，我常听到金属片踩在地上的嘎吱声响。"

我回来后,在人们的阵阵笑声中,
将这些事轻松地,再好不过地搁置在公园的角落里。

这三件东西:黄色,黑色,公园的清晨,
谁第一个累得喘不过气来,他就是胜利者。

格热戈日·弗鲁布列夫斯基

格热戈日·弗鲁布列夫斯基（Grzegorz Wróblewski，1962— ），诗人。有诗集《行星》（1994）、《国王们的谷地》（1996）、《住所和花园》（2005）、《科尔泰兹大营之夜》（2007）、《哥本哈根》（2000）、《候选人》（2010）、《旅馆里的猫，1980 至 2010 年的诗》（2010）、《大西洋上的两个女人》（2011）和剧作集《全息图》（2006）等。

住所和花园

他们会秘密地来找你，
那些来到你那里的人会对你微笑。
过后，如果来了下一批，你就会什么都知道了，
你将以同样的微笑迎接他们。

你们都到房里来吧！
你会以缓慢的手势告诉他们
这里是铺上了新的被褥的床，
还有花园宽敞的景观。

最后，等他们安下心来，
你就告诉他们，他们在什么地方，
以后他们还会遇到什么。

马尔青·巴兰

马尔青·巴兰（Marcin Baran, 1963— ），诗人、记者、文学评论家，生于克拉科夫。有诗集《混在一起》(1990)、《像女人样的梭斯诺维茨》(1992)、《为了爱的努力》(1996)、《自相矛盾的片段》(1996)，《抒情散文》(1999)、《上帝知道》(2000)、《蒸馏水》(2001)、《奥秘和直觉》(2008) 和《少些，多些，所有的》(2011) 等。

雅力信，沙宣，宝路，其他牌子

他决定每天都去理发师那里，
要有人关心他，
和他在一起。

马让娜·博古米娃·凯拉尔

马让娜·博古米娃·凯拉尔（Marzanna Bogumiła Kielar，1963— ），诗人。有诗集《上等物质》（1999）、《赭土》（2002）、《抒情独唱》（2006）和《岸》（2010）等。

耶稣受难像

如果生活只是一个书签，
夹在书中描写维沃内河滩的景象的地方，
书中对各种气味进行研究的地方，
还有介绍烹鱼的方法，
如何保持青春年少的地方。
那个读书的人为什么要给我们，
给那个脸色苍白，挺着肚子，
在地铁车站上等待的人群中
伸出了乞讨的手的少女一块手帕？

沃伊切赫·博诺维奇

沃伊切赫·博诺维奇（Wojciech Bonowicz, 1967—　），诗人、记者、政论文作家。有诗集《多数的选择》（1995）、《批发伤疤的商品》（2000）、《人民的诗》（2001）、《充盈的大海》（2006）和《波兰的记号》（2010）等。

奖赏

我大概再也写不出什么好诗了，
但我不能这么想。

夜里下大雪，在屋顶上盖上了厚厚的一层，
把屋顶都压弯了。我想从屋里出来，但我被阻住了。

是不是人们都不见了，
就好像他们从来没有来过？
不，我想：是他们被压抑的声音阻住了我，
像被今天一直飘落的大雪压抑的声音。

马尔青·森德茨基

马尔青·森德茨基（Marcin Sendecki, 1967— ），诗人。有诗集《高处往下看——1985 至 1990 年的诗》（1992）、《绘画指南》（1998）、《人民运动旗帜博物馆》（1998）、《描写大自然》（2002）、《舷梯》（2008）、《二十二》（2009）、《一半》（2010）和《肉馅》（2011）等。

外套

那件外套现在还是白的，
当宣布要把它展示出来的时候，
它和这个宣布的声音都消失了。
人们都盯着地面，好像至少要见到鲜血和石头。

所以他们听不到宣布的声音。
那件现在还是白色的外套会变得破旧，
变成一块抹布。街道，短小的、空荡荡的街道，
下面一条街，还有一条街，已经到城边了。

托马斯·鲁日茨基

托马斯·鲁日茨基（Tomasz Różycki, 1970— ），诗人，翻译家、文学评论家。有诗集《灵魂》(1999)、《装饰得很漂亮的农舍》(2001)、《世界和反世界》(2003)、《侨民营》(2010)、《诗集》(2004) 和长诗《十二个车站》(2004) 等。此外他翻译过一系列西方当代文学作品。

窗

雨雪交加，很晚了，三月的扁桃，
光线和死亡，今天我住在一条河的呼吸中，
就好像我成了这些鱼骨盖起的
神圣的鱼和嘴唇发青的女人的房子的主人。

夜晚开始了我的第二个生命，
因此窗子和厨房都看得很清楚。
你坐在一张桌子的后面，在阅读，
很晚了，灯火就要熄灭了。[①]

[①] 想象与现实交融，诗人既是"主人"，又"开始了第二个生命"，是不是认为自己在各方面都已成熟？

雅采克·古托罗夫

雅采克·古托罗夫（Jacek Gutorow, 1970— ），诗人、文学评论家和翻译家。有《河岸上——1990 至 2010 年的诗》（2010）等六部诗集，文学评论集《言论的独立自主，1968 年以后的波兰诗散论》（2003）和《书签》《2011》等。翻译出版过一系列美国和英国当代文学作品。

题目是

这些诗是哪里来的？

它们在暗处指明，
这个地方对它们
很不方便。

然后就像熟透了的苹果一样滚落下来，
掉进了张开的手掌中。

有时候手握得很紧，
可它们依然掉进了手里。

爱德华·帕塞维奇

爱德华·帕塞维奇（Edward Pasewicz，1971— ），作家、诗人和作曲家。有小说和诗集《下维尔达》（2001）、《关于乞丐的学问》（2003）、《献给卢莎·菲利波维奇的诗》（2004）、《亨利·贝雷曼之歌》（2006）、《死在黑屋子里》（2007）、《小的！小的！》（2008），剧本《伦敦的怨言》（2011）和《三兄弟》（2012）等。此外还有一些音乐作品。

第一支歌

绒毛，气味，并不复杂的记忆，
被皮鞋踩碎了的蜗牛壳①，
小铃铛上吊着一只溺死的苍蝇，
克维沙河②边的石头，早晨的煎鸡蛋，
小汽车旁的手工活。
没有灯光，行驶在一条狭窄的街道上。
这件短外衣的沙沙声响是那么熟悉，

---

① 波兰的蜗牛形体很大，可作调味品，常出口法国。
② 波兰西南部流经弗罗茨瓦夫省境内的一条小河。

根本就不会弄错。
但这只是眼皮底下神经的
止不住的颤抖和煎熬,
复仇的夜晚根本不会来到。①

---

① 诗人睡前想起了他日常的见闻和感受,他认为生活中只有这些小事?

阿利齐娅·马赞—马祖尔凯维奇

阿利齐娅·马赞—马祖尔凯维奇（Alicja Mazan-Mazurkiewicz，1972— ），诗人，生于罗兹，现在罗兹大学波兰语言文学系从事研究工作。有诗集《暗淡的火光》（2001）、《带着泰蕾莎》（2010）、《嘶哑的声音》（2011）和《我是你的祖奇娅》等。

拉图尔的《新生儿》[①]

只有他们三个人：
一个手里捧着蜡烛的女人，
还有一个母亲和她熟睡的新生儿。
他们并不孤单，一个也不少。

黑夜遮不住
山坡上的道路、小桥，
花园和绞刑架的身影，
但也证明了它们

[①] 拉图尔（La Tour Georges de, 1593—1652），法国画家，他的名画《新生儿》一说是指刚出生的耶稣，一说是泛指。

波兰现代诗歌选

并不存在。

这里没有一丝的响声,
这里是一片寂静,
时间来了又逝去。

是不是这样,拉图尔大师?
这里没有征服者,没有人诅咒。
那一堆原已损坏现被焚烧的电线杆,
因为对它们有某种信仰。①
这些电线杆看起来就像被砸碎的石块,
就像沾满了凝固的鲜血的破旧的绳索,
就像香客们已经穿坏了的鞋,是不是这样?

柔和的阳光照在新生儿的眼皮上,
(你还记得你孩提时的梦想吗?
你是否也曾想让这阳光给你这个熟睡和
没有防护的新生儿带来温暖,
或者有人在你身旁给你护养?)

是不是这样,圣母玛丽亚?
利剑刺不穿你的心,
这里既没有基督的显圣,
也没有各各达的十字架。

只有寂静、阳光和酣梦,

---

① 指中世纪那些反对教会的反动统而被烧死的斗士。

阿利齐娅·马赞—马祖尔凯维奇

你首先想到的是，
在孩子的呼吸中，
在深沉的寂静中，
如果连那一瞬间的机遇你都没有，
你怎么找到你的位置？

是不是这样？

已渐消失的壁画（选其中三首）

公告
用手不断掂量着菲亚特的重量①，
可是将它怀抱的那个胸脯
和被照亮的少女的脸庞，
在黑暗中，却消失不见了。

一个因为和自身相距太近
而感到恐惧的天使站在那里，
就像要证实他并不理解
也无法亲近他自己的上帝。

我主耶稣基督抛舍了那么多洁净的灵魂，
投身到了一个秘密的躯体中。

漫步于湖畔的彼得
主啊，你看吧！我就要死了。

---

① 意大利菲亚特汽车公司，这里是指估量它的规模。

波兰现代诗歌选

这是一个令人恐惧的时刻，
每当我向你走去，
我就看不见我自己的面孔，
也不知道我有什么罪过，
岸边的湖水淹没了我的脚掌。

你不用害怕！
我的这双画家都很熟悉的手
会把你托起。

尽管天使的翅膀已被撕破，
尽管我的生命像涂污了的墙壁
一样的漆黑，
但它依然是无比的珍贵。

耶稣掉进了旋涡里

时间、潮湿、绝望和发霉，
尸体被吞食，筋肉已腐烂，
但它们都和被小心护卫着的双肩，
和奶水丰盈的乳房，和坚实的臀部，
和伶俐的口齿紧密相连。
还有一双手，
这是一双麻风病人的手
和它们那从手腕上脱落下来的手指。

一双手干起活来那么忙乱，
一群飞鸟到处觅食，
它们抖落了身上的尘土

阿利齐娅·马赞—马祖尔凯维奇

要去寻找光明，
寻找耶稣的国度。

耶稣身着灰白的僧衣，
他的脸上笼攫着阴郁的信仰，
但他自己却已躲藏，
因为天空里发生爆炸，
天空被毁了，
只留下了一堆残片，
而那双抢了许多东西的手
却消失不见。

希望的三摺画

（雅姆内斯卡的圣母）

一

你两眼看着我们，
想让我们都
像你的衣裙那样柔软，
像绿草那样生气勃勃。
圣母啊，你不用担心，
把你怀中抱着的
那个孩子放下来吧！
他是我们的兄弟，
让他和我们一起玩耍！
你不要忘记，
你是我们的母亲。

波兰现代诗歌选

二
不错,你很会开枪,
你如果要打死
圣母怀中的那个孩子,
圣母就是他的挡箭牌。
但你也可以把那片面包切开,
和饥饿的人一起分享;
到那时,你自己
也会成为让人分享的面包,
只要你愿意,
什么都做得到。

三
在花园里,有多少个夜晚,
有多少个骗人的吻,
有多少次把你的双手
钉在十字架上。
可是为了寻找人间的爱,
我要到耶稣
被钉在十字架上的那个地方去,
圣母啊!
我们去了。

阿利齐娅·马赞—马祖尔凯维奇

关于珍珠的梦想

无限将成为我们的私有财产

一封致采琳娜的信，85年

如果我们的死期已到，永恒的大门就会向我们敞开。

把所有最重要的事都做完后，还有一个梦想：

要把代尔夫特①的巨匠请来，

他能发现我们的身上，

具有珍珠姑娘的魅力。

珍珠明亮的色彩，

在天堂居民的眼中，

永远不会变得苍白。

但我以为，朋友！

珍珠还有更多的含义，

它不同于那个世界按价格计算的一切，

它的价值对某些人说，是个不解之谜，

珍珠的光彩，大海、微笑和心灵的光彩，

有了珍珠的光彩，就听不到市井的喧嚣，

有了珍珠的光彩，人们的嘴边

再也没有苦痛留下的痕迹，

也不会显露出贪得无厌的欲念。

美丽的珍珠，就是代尔夫特的巨匠

也无须再把它来描绘，

---

① 地名，在荷兰，在十七和十八世纪，以盛产陶瓷而闻名。

波兰现代诗歌选

圣诞节前对雪的思考

  我不知道,我是不是跟你讲过我很爱雪……当我是个孩子的时候,我赞美过它的洁白。每当我在那下着的雪片中走过,便感到这是最大的乐趣

啊,雪,孩子们最爱它,
它能遮住所有的龌龊,它会掩饰大地的苍老。
让大地重显它的孩童的容貌,
向群星重放绚丽的光彩。
啊!是的,大地,大地换新颜,
它从不伪装,它是和平公爵的家园。

色　调

这株白桦树戴着一顶硕大无朋的天帽,
它的脸庞也向着广阔无垠的天空。
这是不是它的枝叶?
嫩绿的幼芽就像春天的新生儿,
它像天空一样,既轻盈又洁净,
上帝啊!你选择了多么美妙的色调。

早春的一课

梦中的神牛,
一双圣手给它带来的温暖,
它复活了,飞向了蓝天,

在空中盘旋,
又把它的温暖,
送给了这寒冷的一天。

麻雀

阿爸,你看!
一块面包
可以摆上一桌酒宴,
招待那么多长了翅膀的朋友,
可是我那长得那么高的青苔,
是谁种下的呢?

土地之歌

天主啊!给夏天祝福吧!
要给蜜蜂算算
有多少产蜜的日子?有多少花粉?
数不清的谷粒把稻穗都压弯了,
椴树的枝头绽开了香馥馥的鲜花,
它是缓解疾病痛苦的良药。
还要加固榛树的树杆,
以防雷电的袭击。

给秋天祝福吧!这是丰收的季节。
当果实夜晚在枝头下垂的时候,
你可不能让它堕落,因为它还没有成熟。
对你未曾见过的一切都要给予赏赐,

波兰现代诗歌选

不管是人们，还是獾、蜗牛和蝾螈，
因为他（它）们都是你的儿子，
他（它）们无家可归。

首先是要给寒冷的冬天祝福，
每当拂晓来向你叩门的时候，
就有千万只小鸟拍着翅膀
唧唧喳喳地叫了起来，
这是一片鸟的天空。

还要
向春天祝福，
春天是万物复苏的季节。

序幕，上帝的悲哀

亚当和夏娃，我不会妨害你们，
因为我爱你们，我们都有过自己的童年。
一个孩子当他不让父亲再把他捧在手上的时候，
他总是想站起来，但他这时候却会摔倒。
如果他一定要站起来，又怎么才能不摔倒呢？
我总是站在你们的身后，
随时准备着搀扶着你们，
因为我爱你们，我只能这么做。

痛苦的圣母——小摇篮上的图画

晚上，我因为操心而过度劳累，睡着了，

把额头靠在一块胡桃树的木板上，
天使们都停留在空中，
它们的翅膀一动也不动，
用一些希腊字母表示了一种判决。

夜晚一声轻轻的叹息把我惊醒，
我立即起身，去察看那孩子的摇篮，
原来是我的小女儿在梦中呼吸，
这呼吸很深沉，也很均匀，
在她的小脸旁还伸出了一个小小的拳头。

我拿着她的小手，把摇篮摇来摇去，
天使们向我频频点头，
用它们的翅膀遮住了一个十字架
和它们手中拿着的一个黑色的小帽。

我早晨睁开了沉重的眼皮，
悲哀地笑了一下，
我给小女儿摆好了枕头，
要让她的脑袋
不被阴影遮住。

我有点害怕，
而她看着我也在对我表示同情。

就这么样

一点也不难，

波兰现代诗歌选

　　干得很轻松，因为它很容易，
　　上帝笑着说，就这么样！
　　有了光线，
　　有了太阳，
　　还见到了月亮，
　　月亮放光，
　　那无数的星星，
　　就像一群快乐的孩子。
　　还有彗星，
　　带着燃烧着的尾巴。
　　我们的星球上
　　有海洋，
　　有山岳
　　有草莓，有荨麻，
　　有流动的东西，
　　有爬行和可以踩踏的东西，
　　还有在天上飞的东西。
　　上帝说：
　　就让它们都有自己的母亲和父亲吧！
　　就让它们有祖齐亚吧！
　　我在这里
　　接受了一道微笑的命令。

　　轻松和容易吗？
　　当然，
　　但不是马上就这样。

尤莉娅·费耶多尔楚克

尤莉娅·费耶多尔楚克（Julia Fiedorczuk, 1975— ），诗人、散文家和文学评论家。有诗集《纳尔维亚的十一月》(2000)、《生命》(2004)、《氧气》(2009)，短篇小说集《玛利亚的早晨和其他的短篇小说》(2010) 和《白色的奥菲莉娅》(2011) 等。

假日中的树叶

雨啊！我打开窗子，让你溺进了我的房里。
你的沉重的呼吸吓坏了窗帘，散发着的泥炭的气味，
你在我的嘴里变成了雨滴。

克日什托夫·希夫奇克

克日什托夫·希夫奇克（Krzysztof Siwczyk，1977— ），诗人、散文家和文学评论家。有诗集《野孩子》（1995）、《爱米尔和我们》（1999）、《合适的日子》（2001）、《给吸烟者的诗》（2001）、《有内容的任务》（2003）、《在中国》（2005）、《1995—2005年的公开信》（2006）、《消除危害》（2008）《压缩饼干》（2010）和《现在在别处》（2011）等。

手指画

她在桌子上的一把钥匙和一粒固体酱油之间，
用砂糖和香粉画了一个上帝，
这是专给她自己画的。
我来到了厨房里，
她轻轻地将上帝从桌上
吹落到打了油的地板革上，
她还给我伸出手指要我去舔它。
我马上闭上眼睛，
就好像有一把大门的锁，
我的嘴唇触到了它，尝到了它的滋味。[1]

---

[1] 这里既有神圣的"上帝"，又有日常生活的场景，就好像神圣和普通是分不开的，信仰上帝乃生活中的一部分。

阿格涅什卡·沃尔内—哈姆卡罗

阿格涅什卡·沃尔内—哈姆卡罗（Agnieszka Worny-Hamukalo，1979— ），诗人、政论家。有诗集和政论文集《努力寻找她》（1999）、《灯芯》（2001）、《我一点也没有睡》（2005）、《大鼻子魔法师》（2007）、《尼孔和莱伊察相机》（2007）和《孔雀掉进了池塘里的事》（2111）等。

秘密邮递

一个人影，一个旅行者的身影，有人梦见他。
一本书，有人想念它。是时候了，
扔掉这把钥匙吧！一个凡夫俗子也知道：
对什么都无须回顾。
五月就像一把（轻轻的）刮脸刀，
火车没有冲力，我们也失去了高度，
落叶松树林就像鱼钩一样要吞食我们，
我在那里也很想念你，
我睡在灰土中，带着使命走过去了。

亚当·兹德罗多夫斯基

亚当·兹德罗多夫斯基（Adam Zdrodowski，1979— ），诗人、翻译家。有诗集《奇遇》（2005）和《卓占娜的秋天》（2007），此外在华沙的《世界文学》《奥德河》《冒号》和《诗的笔记本》等杂志上也发表过他的作品，翻译出版过西方很多现代诗人的作品。

一支歌

这一定是爱情，因为我觉得喉咙里长了一个新的舌头，
就像一个肿胀的扁桃体。

可是今天你不在跟前，我只梦见了电梯，
蓝色的玻璃和信上使劲盖着的那个邮戳。

黎明就像下达了一个任务，
要在家里利用一些单个的小卡片，
来编辑和整理一些稿件。

因为今天你不在跟前，我只看见了电梯，
蓝色的玻璃和信上使劲盖着的那个邮戳。

亚当·兹德罗多夫斯基

我读了书,塔杜施·皮奥罗拿走了我一杆直尺,
我也借用了他的两个语词,
就是这些,这两个语词我也忘了①,

今天你又不在我跟前,
只有电梯、蓝色的玻璃和梦中使劲盖着的那个邮戳,
电梯和蓝色的玻璃。

我要写

我要写,
因为我五岁的时候,发现了父亲的隐私,
我很害怕。
我要写,
因为我六岁的时候,康拜因轧断了我的腿。
我要写,
因为我七岁的时候,想在远处偷看舅舅洗澡,
他便以阉割来威胁我,我很害怕。
我要写,
因为我八岁的时候终于明白,
我不能忘记那些办不到的事。

我要写,
因为我十五岁的时候,知道胸部的样子像臀部,

---

① 诗人说他借用过波兰现代诗人塔杜施·皮奥罗(Tadeusz Pióro)一首诗中的两个语词,但他忘了是哪首诗,也忘了是哪两个语词。

波兰现代诗歌选

臀部的样子也像胸部,
但我不知道人们最喜欢是哪一个?
我要写,
因为我看见过爸爸拍奶奶的屁股,
然后在地下室里上吊自杀了。
我要写。
因为我看见过妈妈想在阁楼上自杀,
但绳子掉下来了。

我要写,
因为我看见继父抓住我年幼的妹妹的小腿,
将她放在窗外吊挂了五分钟,

我要写,
因为我已戴上了近视眼镜。
我要写
因为有人不让我
用左手写。

我要写,
因为乌鸦和麻雀要啄食我,
我要写,
因为有个无家可归的人①在威胁我,
说我如不满足他感官的欲望,我会考试不及格。
我要写,

---

① 这里借用了波兰现代作家欧根·特卡奇辛—迪茨基（Eugeniusz Tkaczyszyn—Dycki）的作品《无家可归的人们的向导,不管他们住在什么地方》中的话。

因为她对我说过:"书呆子,你在漫不经心地看什么?"
我要写,
因为妹妹上的宗教课有了改变,
牧师听到后气得上颌都掉下来了。

牛奶店里的旅行者

我以为是你,原来我又在这里,
他被映照在有水流淌着的窗玻璃上,
我的身影也显现在那么多光滑的镜面和
水面上,还有那么多的眼睛里,
这就够了。别的都不需要了。
我说,你就好好地玩吧,我用带睡意的眼光指引着你!
可是你又要问:这个夏天,蟋蟀叫得好听吗?
你想数一数有多少蟋蟀,或者你干脆要问:
这里的草地上有多少蟋蟀?这样就不用数了。
但是说这个也没有用,是的,没有用。
那就说说别的吧!
比如心脏是随着神经一起跳动的,
是不是这样?

广告上有一张
躺在柔软的维罗呢上一个女模特的照片,
但有一只压在沉重的脑袋下的手却失去了知觉,
这是一场梦,是广告上的宣传,
梦不可能成为现实。
就像手指指画着地图那样,
你的头碰到了你的牙齿,牙齿也在互相碰撞,

波兰现代诗歌选

额头碰到了粗糙的墙壁上，
我走到阶梯上才喘了口气，想起了某些事情。
余下的就留给你①吧！就说我这个开头，
如果它真是一个开头的话，
它一定是很好的开头。
敬爱的读者，我要走了。②

一些奇遇，2005 年

小盒

我不知道白天
和夜里干什么？
我为你（也为我自己）
做了一个小盒子，
用它在睡觉之前数数：
七、七、八……

晚上的喧闹③

电喇叭、钥匙、空盒子，
门被撞坏发出的咔嚓声响，
皮鞋踩在碎石上的嘎吱响声，
我钻进了一床皱里巴叽的被子里，
街上的路灯透过窗子
照了进来，黎明。

---

① 这个"你"也可能是作者所爱的人，也可能是他的读者。
② 原文是英文。
③ 原文是拉丁文。

亚当·兹德罗多夫斯基

为了卡明斯和威廉斯的一片枯叶

叶落的时候,我想起了卡明斯。①
我用鞋踩着那些落叶的时候,想起了威廉斯。②
后来我回到了屋里,
在地上躺下,
因此我和地球拉近了距离,
已经听不见那轻轻的摇晃,
就好像我所有的日子
都是在一只小船上
安稳地度过的。

我躺下了,我睡了,
有人在我的睡梦中建了一座旋转舞台,
有一个机房那么大,
我听到了钢钻震响的声音,
我要睡了。
我听到了一些消息,
是一个奇怪的女人告诉我的,
我不认识她。

我看着那些落叶,
想着那些落叶。

卓占娜的秋天(2007 年)

---

① 卡明斯(Edward Estlin Cummings,1894—1962),美国诗人,写过关于树叶的诗。
② 威廉斯(William Carlos Williams,1883—1963),美国诗人。他在他的《春天和所有的》这首诗中,描写了汽车是怎么踩在落叶上走过的。

波兰现代诗歌选

在地下通道里想出来的诗

我对你了解得很清楚，
我知道，你很爱护你的一双手，
你轻松愉快地进入了梦乡，
你一大早就冻得直打哆嗦。

在白天的信号下，
来了一个像雨或者云那样
我们不认识的东西，
打住你的脚步！
听吧！这是枕木被压的响声，
是蹬脚的响声，让爵士音乐
和喧闹来给你带路吧！

这里是：沙滩、疗养地和飞机场，
我们在这里相遇，这就是一切。

海马

　　这个水下的萨克斯管[①]吹奏起来没有声音，但好像有一个看不见的音乐家用他的双手，挥动着一个鱼鳃样的拍子，在远处指挥它，这个音乐家躲在水面上的一个地方。这就够了，我们不是玛丽安·穆尔[②]。

---

　① 萨克斯管的形状像海马。
　② 玛丽安·穆尔（Marianne Moore，1887—1972），美国女诗人。她善于对事物作细緻的描写，以动物作比喻。"我们"在这里是一种开玩笑的夸张的说法。

萨克斯管按它的设计，这是一个里面有空气的圆柱，在这个著名的柱子里既没有灵魂，也没有精神。因此你可以跟在它身后，它就像活动的水银一样，一会儿变得很长，一会儿又缩短了，一会儿在这里，一会儿又在那里，它虽然在，就好像不在一样。萨克斯管这个可以带在身上的呼吸计量器，这个奇怪地成弓形的伞柄作为一样东西，不像烟斗那样用起来方便。这个海神在木管乐器中有许多种类，连百科全书都没法对它作全面的介绍。

来自远方

我等待，
一直要等到你给我写信，
告诉我，
那遥远的江苏
情况怎么样？

近处

下面的
一个商店里
卖
绿皮南瓜汁，
我买了
三瓶。

波赫丹·比亚塞茨基

波赫丹·比亚塞茨基（Bohdan Piasecki, 1980— ），诗人、朗诵家，生于华沙，现居英国。他的诗歌朗诵常伴以舞台上的各种表演，在世界各国举行过多次波兰诗歌的朗诵会，2007年在巴黎举行的诗歌朗诵世界锦标赛上，他代表波兰诗人参赛，进入了决赛。2009年参加过在柏林举办的第一届欧洲诗歌节的朗诵表演。现在欧洲各地从事名为《烟雾和明镜》的配乐诗的巡回演出活动。

寂静

我爱坐着，听一些枯燥无味但又急急忙忙说出来的话，
这是一些语词在说话时发出的急骤的响声，
说话人好像看见玻璃窗外发生了意外的事件。
这响声听起来就像周围的一切都变成了奔腾的激流，
就好像这里发生了水灾，
此外还可听到一些童声和男低音的演唱。
每天都可见到这些语词的身影，
像涨起了的浪涛一样，涨得比城里的房子还高，
寂静不能驱散这如云层一样笼攫了一切的响声。

波赫丹·比亚塞茨基

你知道

我害怕寂静，
当什么都听不见的时候，
我就在语词里藏身。
我的脑袋里装满了语词。
它很生气地匍匐在这些语词中，
可它掉到下面去了，它一定掉下去了。
它要见到影子和云雾，
可它已经掉到最下面的底上去了，
这里很杂乱，这里一片喧嚣，
这里任何时候
都没有寂静冲决黑暗的破晓。
我陷进了我听到的响声的浑浊的泥泞中，
我两眼墨黑，但我心平气和，我不害怕。

你看

我在比最最寂静还要寂静的寂静中，
我永远听得见第一个语词的回声。

记忆

你们到过罗马尼亚吗？在夏天到过？到过它的北部吗？
那里到处散发着牛奶店和变得越来越干燥的沃土的芬芳，
可是那里的村庄很可怕，因为村庄里都是水泥地和砾石，
村庄的背后有山，在北部。

波兰现代诗歌选

　　初看她比我稍年长些,
　　膝盖上放着一个用被子裹着的小孩,
　　她坐在屋门前,在微微地笑着。
　　我走在大街上,见到她的微笑后,
　　便产生了联想,我向全世界宣布:
　　她的孩子在睡觉,在这个节日里,
　　她乐于和别人分享,分享她的秘密和甜饼:
　　"你知道,我生孩子违背了母亲
　　和家庭其他成员的意愿。因为我没奶喂,
　　儿子骨头里缺钙,将来走不了路。
　　我找过城里的医生,
　　但是公共汽车票价太贵,医生们都很少出诊,
　　我的丈夫又没有工作,
　　家里人没有要我生孩子。
　　你是来度假的吗?你一定要到山上去,山上有个修道院,
　　那里有一些爱咒人的僧人,你就带几个鸡蛋去吧!
　　你如果想挨骂,他们为此也会把你臭骂一顿。"
　　她不要钱,只想和我谈话。
　　我的行囊里有一台美伦达照相机,
　　这个老式的相机比可以喝一年的牛奶都有用。
　　我给她照了相,她很激动,非常感谢我。
　　我想,我这辈子都忘不了。

　　还是说些别的事情吧!比如说:诗可以改变世界。
　　这不对,在遇到灾难时,它总是第一个逃跑。
　　我听到过用许多语词连在一起读出来的诗句,
　　这些语词可以改变滑翔机的机身。
　　还有一种语词,你只要接触到它,

你就不会感到这是你所在的地方，
它是所有的一切，别的都不需要。
我知道一些语词，像落下的雨、雪和冰雹一样。
语词会把小圆圈和十字架摆在窗格子上，
还有一些语词读起来像喊叫一样。
我听见过有人在城墙上，就在弹孔和鸽子的窝边
朗读的语词。
有小的语词、普通的语词和大的语词，
有真理的语词、美的语词和残缺的语词，
有野蛮的语词、新的语词、不清醒的语词，
我不知道我什么时候还能想到这些语词。

还是想些别的东西吧！例如电灯泡：
你们知道，如果我打破了一个电灯泡，
会发出砰的一响，因为它里面是空的。
如果它不是空的，就只有砸碎玻璃的响声了，
它里面有空气，响声就不一样。
再说，它里面如果不是空的，它的热量过一会儿就会消失，
它的光亮马上就会熄灭。
在玻璃外壳里面因为什么也没有，
它被打破的时候，就会发出砰的一响。
这是事实，我这辈子都忘不了。

几乎可以肯定，这是一首哀诗

要在爆炸的轰隆声中去寻找音乐，是找不到的，
要对它的美去进行评价，也是不可能的，
因为这种轰隆声就叫人受不了。

波兰现代诗歌选

但我却最爱想到它:就像机器人在大厅里踢球一样,
单个的原子被猛地向前推去后,
它马上会像发了疯似的横冲直撞,
它会失去它身上的电子,它在通过一些洞穴时会掉进一个洞里。
我们看见它整个儿掉进去了,因为它是一个不可分割的整体,
就像一粒尘土一样。马上又有很多这样的小球都在急忙地往前滚去,
呈现出五颜六色,闪闪发光。还有一些小球也不示弱,
所有这些小球都在沿着一些看不见的缝隙急急忙忙地滚跑,
留下了闪光的足迹和突然闪现的花朵。

在爆炸的轰隆声中去寻找音乐,是找不到的,
因为这种轰隆声就叫人受不了。但我想过:
当序幕演完之后,一个男低音走上台来唱着一支歌时,是什么样子?
一些小小的棍棒在大鼓和盘碟的边上敲打时,
会发出枯燥无味的咚咚和叮当的响声。
我们听到的歌实在太多,因此我们知道,下面要唱的是哪一支歌。
原先压低了的吉他的弹奏声到了最后,便充分地发挥了它的威力。
雷鸣般的鼓声钻进了听众的喉咙里,笼攥了他们的肠胃,
如果你对这一切都没有准备,就接受不了。

可以肯定,在发生爆炸时天气会怎么样,这不是主要的,
但是我想,它在乌贼的身上会有反应。

午后的夏天，天气会好些，你会看见天上蔚蓝的色彩，
你会想到上面有白云，你会发现铺在人行道上的砖带浅红色，
它的棕红的色调在人行道上留下了古怪的印记。
照片上没有人像，闪光的时间太长，
也可能在别的地方留下了痕迹，
但这里的人影已经抹去，
一只手抓着门把手，还有一只脚没有站稳，
再没有别的。

可以肯定，这不重要。
虽说在爆炸中炸死了一个人，但我以为，
这和死了二十万人这个数字，或者说占这个城市人口的百分之八十五相比，
是没有意义的。
但是对卵石路的结构，麻雀扇动受惊的翅膀的啪哒声响，
邮包里抛撒出来的热情洋溢的信中的语句和够得上芭蕾舞大师的优美，
都作了不懈的报道。
这些芭蕾舞演员把身子悬在空中，在夏天炎热的午后，
在他们的背后还不情愿地挂着一根经过小心梳结的辫子。
有人记得，她二十三岁了，一天前写过一封爱情信给她的丈夫。
她已经有一个礼拜没有见到她的儿子了。这天醒来，脑子感到很轻松，
相信即使没有一个健康的理智，也得把一切都安排好。
我相信：如果有块碎石砸伤了她，她会用一只脚站在地上，用手抓住门把手，

波兰现代诗歌选

她会听见有人唱起了一支歌。

嘀嗒

当手表发出嘀嗒声响时,
要怎么个嘀嗒?
嘀嗒!
嘀嗒!
嘀!
嗒,嗒,嗒!

一秒又一秒钟像沙土一样地洒落,
有谁知道怎么让它忘了摆动?怎么停止它的摆动?
嗒!

你要有好心,
你要漂亮
要慷慨大方,
要有礼貌!
要和大家一样,你才会平安无事。

用空洞的话语在空心砖上把墙砌起来吧!空洞无物的嘀嗒。
你手表的指针对着我响起来了:嘀嗒!

当手表发出嘀嗒声响时,
要怎么个嘀嗒?
嘀嗒!
嘀!

波赫丹·比亚塞茨基

嗒，嗒，嗒！

一秒又一秒钟像沙土一样地洒落，
有谁知道怎么让它忘了摆动？怎么停止它的摆动？
嗒！

学习吧！
工作吧！
挣钱吧！
休息吧！
做出成绩，找到空白，填补空白。

只要有嘀嗒，什么都对你有帮助。
你手表的指针对着我响起来了：嘀嗒！

当手表发出嘀嗒声响时，要怎么个嘀嗒？
嘀嗒！
嘀嗒！
嘀！
嗒，嗒，嗒！

一秒又一秒钟像沙土一样地撒落，
有谁知道怎么让它忘了摆动？怎么停止它的摆动？
嗒！

要更加狂热，
要爱，
要勇敢，

波兰现代诗歌选

要哭泣!
视野要开阔,把酸的东西拿过来,把尘土吸进去!

虽然你只能活很短的时间,但你像嘀嗒一样,永远是自由的。
你手表的指针对着我响起来了:嘀嗒!

当手表发出嘀嗒声响时,
要怎么个嘀嗒?
嘀嗒,
嘀嗒,
嘀!
嗒,嗒,嗒!

一秒又一秒钟像沙土一样地洒落,
有谁知道怎么让它忘了摆动?怎么停止它的摆动?
嗒!

雅采克·德内尔

雅采克·德内尔（Jacek Dehnel，1980— ），诗人、作家、翻译家。有诗集《去南方考察》（2005）、《诗集》（2006）、《一瞬间的剃蓄》（2007）、《监规屏》（2009）、《亏损和赢利调查表》（2011），短篇小说集《收藏》（1999）、《士麦那的市场》以及长篇小说《玩偶》（2006）和《土星》（2011）等。翻译出版过多种西方现代文学作品。

一张1984年8.5×13厘米的照片

小伙子头戴一顶
苏格兰格子的小帽，
身穿那已过去的八十年代
得到的一件灰白的衣服。[①]
你到哪里去？
你去什么地方都不如这里好。
还是留下吧！笑着留下吧！

[①] 1984年波兰处于军管时期，那时有一些废旧的生活用品散发给普通百姓，这个年轻人得到了一件外国进口的成衣。

华沙

有人在这里住过，已翻了个底朝天。
一台金雀形收音机播出了探戈的乐曲。

用四只手抱着，一边听新闻，
从房里来到空气清新的大厅里。

照片上那个海娜或波娜姑娘穿了件雅致的连衣裙，
菲尔佳则在过去的那口井里打水。

还有一个已经不在的小孩念着一些名字，
听着一件由外质膜做的短上衣的沙沙声响。

这里，在一株椴树枝叶的左边，
一条市声嘈杂的双行道的街道的中间，

有一个厨房，它的橱柜里摆着许多汤勺，还有一个仓库，
橱柜里的鸡蛋保存在蛋壳里不会坏。

这些蛋壳有的表面光滑，有的有斑点。
这里有人住过，所有的楼房都不到三层，有地下室。

在这个你想悄悄地吻我的地方，
一块弹片炸死了三岁的女孩。

在这个你想偷偷地吻我的地方，

雅采克·德内尔

一块弹片炸死了她紧缩着身子的母亲。

华沙，2004 年 8 月 21 日

幸福

为 P. T 而作
下个礼拜是你的生日，
一年后你肯定不在了。[①]

M. 罗伯茨：《伤心事》

一个丑陋的英国女人，又瘦又苍老，
她不能算是一个优秀的女诗人，
和她的全身冰凉的丈夫（因为他患了心脏病或肾癌，
但这不是主要的）一起，住在一栋夏日的别墅里。
她沿着阶梯（又窄又潮湿的阶梯）给他送去了一盘早点。
她写道："下个礼拜"一只苍蝇在嗡嗡叫，
"是你的生日。"她又说："一年后，"
他身上痛得叫了起来，"你肯定不在了。"
她走到他跟前，抚摸着他，
和他一起睡在一个浴缸里。她在哭，假装在看着什么，
她的确在看着窗子外面的树林。
这么多年，这么多书信，这么多的亲热，
她熟悉他的衬衫，皮鞋的号码和帽子的大小。
她从来不窥探别的男人，

[①] 原文是拉丁文。

波兰现代诗歌选

也不用别人的用语和那些亲热的名字。
她要表现出一种态度,
认为他躺在床上一点也不比别的男人差,
她记得以前到过的那许多地方,有过那许多次数和办法,
在公园里的吊床上,喝野果汁,在从威尼斯到尼斯①飞奔的列车上,
在出版社的办公室里,在博物馆的厢房里。
接待朋友和医生,一起搅拌那拌糖的生蛋黄,
她曾以为,她不能再这么过下去了。

但她知道,她有过的一切,不可能也不应当是另一个样。
他不会和别的人,在别的时候和别的地方在一起,
这才是她的幸福。

你都知道了,现在你要走了,慢慢地走吧!
啃着树上的枝叶。有人遮住了镜子,
有人在打电话,有人在谈话,盘子、浴缸和床。

华沙,2004 年 3 月 7 日

---

① 地名:在法国。

雅采克·德内尔

一瞬间的剃蓄①

看吧！一瞬间的剃蓄：
一个干乌贼壳上的斑点，说明它是
从右边被水淹没的草地上抓来的，农舍的屋顶，
高悬在一大片灰白色的浑浊的水面上。
左边是他们的毛衣、平底锅和提包，
还有堆积如山的湿裤子和刮落的胡须。

一些帽子的式样，布热什切②或卡缅③的救生船
来了没有？发大水的情况没有变，
一点也没有变，一瞬间的剃蓄，
和一些没用的东西，和整个世界的其余部分都分开了。
在河滩的那一边，有许多铁链，
礼服、胡须和放在桌子上的闪光的听筒。

宽敞和漂亮的办公室里，面上很光滑，

---

① 剃刀是锋利的，所以它对头发的剃蓄一瞬间就完成了。但这只是一个比喻，实际上是指作者一次摄影照下来的东西，在摄影中，一瞬间的闪光可以照许多东西。欧洲中世纪方济各会修士、哲学家、神学家和政论家奥康姆（约1285—1347或1349）曾提出所谓"奥康姆剃刀"的原则，这是一种极度节俭的原则，认为非必要不应增加实体。实际上是说，如果一种现象不具实体存在的性质，哲学家和科学家就不应假设它的实体的存在。西班牙著名电影导演易斯·布努埃尔（1900—1983）在1928年和利达合拍的影片《一条安达鲁狗》被公认为超现实主义电影的经典。影片一开头就出现了男人用剃刀割破女人眼珠的可怕的镜头，在结尾的场景中又出现了奇形怪状的尸体，都意在否认资本主义的社会准则。《一瞬间的剃蓄》的寓意可以有不同的理解。
② 地名：在波兰。
③ 波兰有两个卡缅，一个在克拉延卡地区，另一个在波莫瑞地区。

波兰现代诗歌选

在被切割的地方我们看到,有这样那样的线条
和雨水留下的水印,这里不久前和以后
被大水淹过,还有用来恐吓麻雀的稻草人
和一些藏起来的绳索
上面吊着一个黑色的莱伊察小相机[①]。

华沙,2005 年 4 月 7 日

冰雪消融

为 P. T 而作

冰雪消融,天空更加明亮。
上面和往常一样,下面却获得了更多的奖赏:
显现在眼前的,是一个硕大无朋的蓝晶晶的流动镜面。
周围覆盖着融解的冰雪,到处都显得那么破损,
解冻后的地面,有的依然平整,有的是杂沓的泥泞。
水边耸立着大片的森林,鼬鼠开始了它们的搬迁。
散乱的云层在天上飞奔,
林中的残雪像季节留下的废品。

无人问津的河面上筑起堤坝,架起了大桥。
为了防止水土流失,不管是南方和北方,
都划分了水域,铺设了排水管道。
一条条道路把城市连在一起,城市的人口也陡增无比。

---

① 1924 年发明的一种 24×26 毫米的照相机,曾由德国韦茨拉尔的莱伊察工厂生产。

雅采克·德内尔

我们在一起，都属于这个有序的安排。
树木在翩翩起舞，街道的布局都非常整齐。
方向，墙砖，潮水，我的硬邦邦的衣领，你的贴身毛衣，
我左边的枕头，你右边的枕头。
两个氢原子，一个氧原子，
连在一起就是水。

从格但斯克去华沙的火车上，2005 年 3 月 30 日

接　　待

献给阿格涅希卡·库恰克

窗子外有一幅像陡峻的山坡样的阴暗画面，
阴暗到我的窗子旁来进行客访。

它后面有那么多的野兽，
就是野兽派①也写不完。

有个白晃晃的死神跟在野兽的后面，
它有六扇长着眼睛的翅膀。

野兽都站在窗外，往房里窥视，
谁遇到了它们，就会变一个样。

房里有一群人，有书、家具和酒杯，

---

① 欧洲中世纪一种文学流派，热衷于描写各种不同的野兽。

也就是玻璃、纸、木头和布。

死神和魔鬼兴高采烈地
摆上了许多美食。

那些野兽透过银杏树的枝丫往房里望去，
可是房里的人却不知道有可口的菜肴。

你如果要等什么道德说教，
那也不能长久地等待，因为没有时间。

要做一个善良人，要爱，老了之后会招人喜欢，
窗玻璃太薄，门上的锁也不牢固。

布德梅利采，2005年10月5日

虎头蛇尾

又是一个秋天，旅行的季节，
窗子外，牧场上，田埂旁，
水草丰茂，林子里有许多倒下的树，
他在农田里奔忙。

草垫上有一块又小又薄的木板，
木板上平整地铺着灰色防水布，
翻松了的土地，一排排白色的樱桃树。

那制帽下面显露的干瘦的面孔

雅采克·德内尔

就像成熟得很晚的草莓。他知道：
世界是一座坚固的磨坊，不能把什么都弄得那么散乱。
手里拿着铁锹和耙子，只能刨平它的表面，
而无法深挖，可一定要深挖到地里。

华沙，2008—2009 年 10 月 26 日

国际诗歌节节目散记

一　根

一个美国女人说她和第一个丈夫在一起时曾有个夫姓，
她和她丈夫分手时双方依然爱恋，所以那个夫姓她也保留至今。

后来，她过去的婆婆请她改用她出嫁前娘家的姓氏，
因为他是她婆家最后一个男人，如果要他改姓，这个姓就不存在了。

你知道——那个美国女人说——我对他
不能昧着良心。

二　数词

一个丹麦人说他到过格陵兰，
那里的居民只会从一数到十二，
现在他们都用丹麦语数十二以上的数了。[①]

[①] 格陵兰岛上原先居住着爱斯基摩人，他们的语言中只有十二个数词，19 世纪丹麦人占领了这里后，爱斯基摩人被丹麦人同化，便开始用丹麦语中的数词数十二以上的数目。

波兰现代诗歌选

那些只给十个手指想出了一些话要说的人一定很幸福①，
还有两个多余的手指在什么情况下都可以用。
我这么想，但我没有这么说，因为这对那个丹麦人
是不礼貌的。

三　翻译

一个澳大利亚人晚上喝醉了，对我讲了头天晚上的事：
他们有两种自己的语言，第三种虽然大家都用，但它是一种外国的语言。

如果有人躺在一条床单上，一下子冻僵了，他想起了一些话，
便问那个躺在他身上的人：
你愿不愿浸到我身子里去？
这个躺在床单上的人，这个躺在他身上的人
突然站起来。
他是不是在看着自己，也在看着这个躺着的人？
是不是在想着浸这个字？
想着真的要像冰凉的溪水一样，浸到他身子里去。
他说，不，谢谢，这也许要在另一个时候②，然后走了。

四　记忆

一个伟大的人就是一个伟大的诗人和翻译家，
他当然了解别的伟大的诗人和翻译家。

---

① 生活简单，没有更多的奢求，会感到很幸福。
② 原文是英文。

雅采克·德内尔

"啊！这是一个伟大的诗人！"这个伟大的人说，
"我记得很清楚，他坐在一张桌子旁，
左边有一个女人，右边也有一个女人。
他用右手抓住左边那个女人的膝盖，
又用左手抓住右边那个女人的膝盖，
喝酒谈艺术。
这是一个伟大的诗人。"

五　文学

吃早饭的时候，一个美国女人对一个斯洛伐克人说：
我认识一个斯洛伐克女人，叫卓占娜，是个画家。
她还是个孩子的时候，父母就抛弃了她，去了德国，
后又去了美国。她父亲后来和母亲离了婚，回到了斯洛伐克。
她是画家，有一头漂亮的卷发。

这个斯洛伐克人说：是的，卓占娜，这是一个典型的斯洛伐克名字。

可我想的是她的父亲，他离弃了妻子，又抛弃了女儿，
他的女儿有一头漂亮的卷发。
他有过一个美国梦①，一个德国梦②，他住在别的地方，
他不知道他在这些人的谈话中只是个配角，
为这些言谈作了注解。

---

① 原文是英文。
② 原文是德文。

波兰现代诗歌选

我想到了他的手,他手中的汤勺,他用汤勺敲打碗碟。

普图伊①,2010年8月28日—卢布尔雅那②

恩将仇报

这幅樱桃树的图画又从什么地方突然出现在我面前?
它是生长在果园那边的一株樱桃树的分枝的图像。
但是这些树枝都弯下来了,它最下面的一根已靠近地面,
想钻到地里去。
但是另外一些依然分开,
脚可以踩在上面。
只要抓住一根树枝,便可採摘到
那颜色又深又暗几乎和黑色一样的樱挑。

几年前就有人把最下面的那根樱桃树枝砍下来了,
我不知道这是谁,也不知道为什么要把它砍下?
有人说:这是对这株树恩将仇报,它结了那么多的果实,
它让人踩踏,任凭小伙子采摘。

  有的地方的樱桃树叶成直线下垂,
  如果有人去踩那里的枝丫,
  他的身子会斜下来,
  他想去采摘樱桃,
  第一次没有采到,

---

① 在斯洛文尼亚。
② 在斯洛文尼亚。

雅采克·德内尔

但一下子又采了三个，
送到自己的
嘴里。

华沙，2011 年 5 月 14 日

潮流

你去了澡堂，我对你并不了解，
直到你从澡堂里出来，在墙那边，在梦中，
还是这堵墙，和这个澡堂，
我听到了他那深沉的撕心裂肺的哭喊。

我被这哭声惊醒了，我也唤醒了你。
我在梦中，想到他的日子会过得不错。
你睡了，为了你，我总是在想着他，
他在墙那边，躲在一个漆黑的地方。

我总是睡着，站在梦中的潮流之上，
我做这个梦，是为了救他。

华沙，2011 年 5 月 30 日

格热戈日·布鲁舍夫斯基

格热戈日·布鲁舍夫斯基（Grzegorz Bruszewski, 1981— ），生于华沙，诗人、记者、朗诵家。在巴黎、柏林和布达佩斯举行过多次诗歌朗诵会，被《华沙生活报》认定为华沙最有影响的文化宣传活动家之一。

"爵士"

按在琴键上，它是银河系的一部分，
会发出上帝的声音、太阳的声音，
怎么样？
这种最大的乐器富有特征的声音，深深地钻进了我的耳朵里。
"爵士"，一种类型的音乐，
如果你要按照拍节和叠句去给它分类，你就不懂得它。
在人们的想象中，未来音乐的发展好像改变了方向，
大城市里电喇叭的六重奏并不按照音乐行家们的规矩，
演奏员激动得脸都红得发肿了。
怎么样？
当电车有节奏地走在轨道上，

格热戈日·布鲁舍夫斯基

马克斯·罗奇①想从你的脑袋里挖出一个
谁都不要的想法，
例如他只要拍打两下，而不需要按照先锋派的音程，
这是厄利格马②的译员都破译不了的
一个解不开的谜。
在这些表面上看很普通的乐器上，
却隐藏着魔术师变戏法和非洲小精灵的技艺。
在二十年代，这些"爵士"音乐家还不识谱，
他们只知道用点和线，就不用寻找开启它的钥匙了。
你如果在上课时弹钢琴挨了巴掌，你就会感到迷茫，
因为你弹得不平和。
要弹得平和些！
弹得平和些！
弹得平和些！
平和，
平和，
平和，
平和。
十年后你选择了烟雾爵士音乐俱乐部，那里以烧酒当香料。
围着你转的那些女人早就不听道德说教了。
怎么样？
当一次又一次的碰杯，一根又一根的线条
都在消磨你的天才的时候，
你反而以为，你变得越来越伟大了。

---

① 马克斯·罗奇（Max Roach，1924—2007），美国20世纪爵士音乐著名指挥家和鼓手，指挥过前卫和波音派爵士乐，还从事过音乐教育工作，曾任马萨诸塞大学教授。
② 厄利格马（Erigma）欧美一种军事和外交上用的密码。

波兰现代诗歌选

"爵士"是一种生活方式,你以家庭——老婆——孩子的概念,

对它是无法理解的。

从巴黎到斯德哥尔摩,到华沙,到纽约的旅游,一直到了深夜,

一昼夜有四十八小时。

约翰·科尔特拉内①

迈尔斯·戴维斯②

查利·帕克③

塞隆尼斯·孟克④

查尔斯·明古斯⑤

克日斯托夫·科默克⑥。

奥尔兰多

真热啊!我们坐在小城墙上,

额头和手掌上沁出的汗珠像一颗颗小石子,

但是并不感到疼痛。这是在 1995 年的假期。

奥尔兰多魔术队在 NBA 赛中输给了休斯敦火箭队,

---

① 约翰·科尔特拉内(John Coltrane,1926—1967),美国 20 世纪著名次中音萨克管演奏家,加入过迈尔斯·戴维斯的爵士乐队。他的演奏曾采用古典唯美风格,后转变为快速演奏,充满激情,1967 年死于肝癌,在爵士音乐的演奏上具有很大的权威。

② 迈尔斯·戴维斯(Miles Davis,1926—1991),美国爵士音乐史上杰出的指挥家和小号演奏家,一生研究爵士乐,作了许多创新。

③ 查利·帕克(Charlie Parker,1920—1955),西方 20 世纪爵士音乐最著名的萨克管演奏家。

④ 塞隆尼斯·孟克(Thelonious Monk,1917—),美国爵士音乐钢琴演奏家。

⑤ 查尔斯·明古斯(Charles Mingus,1922—),美国爵士音乐贝司演奏家。

⑥ 克日斯托夫·科默克(Krzysztof Komeda,1931—1969),波兰现代作曲家。

以 0∶4 终场出局，输球不多，却令人感到意外。

我那时才十四岁，对魔术队打球特别关心，

在运动场，我永远是夏琼、安菲尔内·哈尔达韦、

尼克·安德尔森、德尼斯·斯科特和霍拉斯·格兰特。①

坐在我身旁的丹尼尔比我小两岁，他总是站在火箭队一边。

他们是不是找到了什么对付奥尔兰多的办法——我这么想，

我问丹尼尔——你是不是该回家了？

记得丹尼尔当时捧着一个有乔丹成串签名的维尔森篮球，

在运动场的一个角落上消失不见了。

五分钟后，阿莉齐娅出现了——她是我最爱的，可是就在这一天，

她决定对我的爱表示拒绝。

我这时用手机给丹尼尔打电话，听到那边说他在吃午饭，

还说："要快点反击！"

过了一会儿，他从窗子里给我扔来了一个球。

现在我真的在看球了，有个球员将球在地上拍了几下，想投个两分球，

但没有投中，他这样投了半小时，可是那个铁篮筐是那么铁面无情，

每投一次都只听见碰到它上面嗵的一响，却投不进去。

我的心被轻轻地刺着，一投又一投，盖帽又盖帽，熄灯了。

2009 年，奥尔兰魔术队又以 1∶4 输给了湖人队。

但这里没有我们认识的球员，他们就像我和丹尼尔一样，

只能在一些三流的喜剧中，扮演一些笨蛋的角色。

丹尼尔不管怎样，去年和阿娜结了婚，这好像很了不起，

---

① 即 Shaqie, Anfernee Hardaway, Nick Anderson, Dennis Scott 和 Horace Grant，这些都是或曾是美国奥尔兰多队的球星。

波兰现代诗歌选

可是从院子到教堂里来的只有我们三个人，
我们最崇拜的人和朋友有时也出入于此。
应当分一下等级，在婚礼上不许叫喊，
当你听到有什么要求的时候，你可以叫一声："我爱这样。"
这个要求是，礼拜天和母亲一起吃午饭时要打电话，
问："哈啰，你是谁？"
丹尼尔，你去打篮球吗？我和阿娜也告别了。
我在想："他那里怎么样？"

米隆[①]的梦

我梦见了一个辽阔的空间，一阵风
把我战战兢兢地吹到了那个空间里，
不受行星引力的控制。

我梦见了我的父亲，
他带着每一个已经表白的错误观点，
变得好像越来越渺小了。
他对政治、体育和摩托化的交通有很大的热情，但他是个小人。
他甚至把几种秘密的理论，放在我的内衣口袋里，
唧唧喳喳大声地说了起来。
为什么要把这么长的语句加以简化？这是他的最后一句话。
他不在了，我却感到我新生了，我这时说出的第一个单词是"母亲"。

---

① 即波兰现代诗人米隆·比亚沃舍夫斯基（Miron Białoszewski，1922—1983）。

格热戈日·布鲁舍夫斯基

我梦见了一个辽阔的空间，一阵风
把我战战兢兢地吹到了那个空间里，
不受行星引力的控制。

有七个裸体女人像七个侏儒一样，都围在我和我的床旁边，
我只知道她们姓什么，却不认得她们的面相。
她们每个人都想躺在我的身边，我变成了湿奴①。
我要实现我的梦想，
我的梦想也是她们的梦想。
当我触到她们的皮肉时，我要看看这些皮肉是否娇嫩，
我在她们的皮肤上留下了深深的指纹，
不论最大胆的 01 密码，
还是最秘密的性的梦想都算不了什么。
突然，
我听到了生命终止的声音，
就好像获得了太多的幸福。

我梦见了一个辽阔的空间，一阵风
把我战战兢兢地吹到了那个空间里，
不受行星引力的控制。

我超越了认识的限度，
我大概要去罗兹，
它在华沙附近。
你变成了我过去的那个姑娘，我多年没有见到过她了，

---

① 湿奴，梵语为 Visnu，印度教的主神之一，他负责守护世界，这里说的是"我"要守护这些女人。

波兰现代诗歌选

而你则是我儿时最好的朋友,我和你已没有什么话要说的了,
但我们在梦中还是可以保持联系。
去到那我们从来没有去过的地方,
做一些我们从来不敢做的事情。
我过去的那个姑娘说,我能找到生活中的爱。
我儿时最要好的朋友,
我只有在梦中才能做我该做的事了。

宣言

我有几十秒的时间,但并不是所有的情况都一样,
你为什么一只手把我拉过来,另一只手又把我推开?
这幸好只是一场噩梦,
在我的左手上按了一下就把我弄醒了,
我的右手并不想去按别的人。
我的嘴爱尝金属的味道,我把人们抛给我的硬币
从嘴里吐了出来,我被他们说成机器人,
但我不找零钱,不给别人找零钱。
为什么你在《小熊维尼》的所有的角色中,
一定要扮演克利斯朵夫·罗宾?
我选择了小猪皮杰,因为它对世界最感到害怕。[①]
再说,为什么在十个不幸的人中,总有一个人要嘲笑其他的人?
为什么这就是我?

---

① 这是英国著名儿童文学作家米尔恩(Alan Alexander Milne, 1882—1956)写他儿子罗宾的动物玩具的一部作品《小熊维尼》(1926)中的人物。

格热戈日·布鲁舍夫斯基

我什么时候都不会像贝凯特[①]那样,因为我是爱斯特拉宫[②]。
我不写"粗制滥造的东西",像布科夫斯基那样,
你就拿去我的这个
二十行[③]的"宣言"吧!

五

我有五个手指,五种感觉和五种对生活x^2的想法。

我有五种感觉,有四种我已失去,
还有一种触觉我留给了你。
你有三个名字要我记住,可是两个对我来说就已经太多,
我有两只手,用来和你拥抱,两只也太多了。
现在剩下了一个零,零个已经解决的问题,
但还有九十九个问题没有解决。
联想过去不是一个最好的词句,但它是第一个进入我的脑袋的词句,
是不是还要加上五个曲调中的连音?

我有五个手指,五种感觉和五种对生活x^2的想法。

我有五个手指,
可用来和另一只手的五个指头比长短,

---

① 萨缪埃尔·贝凯特(Samuel Beckett, 1906—1989),用法语写作的爱尔兰荒诞派剧作家和小说家。
② 作者是指那些评论他的这首诗的波兰诗人。
③ 这首诗是用来朗诵的,而不需要印在纸上,朗诵时为了方便,就说它有二十行。

波兰现代诗歌选

它们一个在耳朵里,另一个在鼻子里,第三个在嘴里,
第四个我不说它在哪里,
第五个是大姆指,在它们的对面,
它和其他所有的手指都面对着面,只有它在明面上。
我有五个手指,
用来数数就已经够了,
我要数这句诗到最后还有几个字没有朗读完。

我有五个手指,五种感觉和五种对生活 x^2 的想法。

我对生活有五种想法,
一是要当一个记者,
二是在诗歌朗诵会上朗诵我的作品,
三是做那种大家都不喜欢的节目,说我是个性情孤僻的人,
不,这对我来说太容易了,
那么还有两种呢?也不值一提。
也许还有一种想法:
像蒂娜·特纳①那样,唱一支《我自家的舞蹈家》的歌,
这至少可以挣到钱。
我有五个梦想,
第一是我会很幸福,
第二是我和你都很幸福,
其他三个我就放在一边不管了。

我有五个手指,五种感觉和五种对生活 x^2 的想法。

---

① 蒂娜·特纳(Tina Turner, 1939—),美国摇滚乐歌手。

沃伊泰克·齐洪

沃伊泰克·齐洪（Wojtek Cichon, 1983— ），诗人、朗诵家、说唱歌手，生于埃尔布隆格，常在华沙举办诗歌朗诵会。2003年开始在波兰各地和德国、捷克、荷兰、英国、匈牙利、法国、西班牙、乌克兰、中国和日本举办过多次他的说唱作品的朗诵会。以基德的艺名出版过八张诗歌朗诵的光盘，创作过一系列配乐诗歌作品。

生命在继续

他最认可的是，
只有一条地铁通过城里。
地铁里的电车一列又一列地驶过许多成年的大门，
门上总是张贴着许多广告，缀饰着许多鲜花；
还有诉说了缘由的各种申明：要怎么去进行战斗？
跟随专制主义的足迹？怎样才能得到人们的赞许和尊敬？
由于没有时间去和第三世界进行心灵上的沟通，我这一年
终于看清了我的布道虽然光彩，但毫无裨益。
因为见不到真理，也找不到真理，
太阳在我们的眼前，便呈现出一种将要熄灭的病态的景象。
散文——一篇生命的散文——百分之百写生命，

波兰现代诗歌选

那么百分之几写死呢?
如果说到死,那些丢在街上的钱就像死物一样,没有人要,
但它对我们是有用的,它在哀声哀气地呼叫,要获得新生。
要在全世界的眼中,恢复生命的价值,作出伟大的退让,进行伟大的朗诵。
还有一个大……饭馆,
有两位先生接替了对它的管理。
他们本来可以很合算地把饭馆卖掉,但他们不会舍弃它。
我不要他们的任何东西,我住在别处,
你知道在哪里吗?就是我最后一次告诉你的那个地方。
你不要说这最后一次就是第一次,
因为所有的都是第一次。有趣的是,我们中的第一个已不相信他自己了,
他开始以他自己的方式,重新表述他的思想,
在有格子的纸牌上。
啊!好……你赢了……
生命在继续。
尽管电话的铃声听不清楚,
祖母们手里总是拿着一些系着五颜六色的气球,
缀饰得非常漂亮的绳索,来牵着自己才几岁的孙子。
晚上,她们走到电话旁边,
想要接通自己的过去。

她们总想对我说,"谁都没有从那里回来!"
是的,
谁都没有回来,
因为根本就不想回来……
我在我的笔记本最后一页上,找到了你的三张照片:

第一张是你那永远不会失去的童年的照片，
另一张是你那天第二次扔给我的那一张，
第三张我还记得，但我并不注意。
我手里拿着笔，23点33分，
我要到你的星球上去睡了。
我穿的是一双长筒皮鞋，一件作为剩余军用物资的长外套，
戴着一副皮手套和一顶菲德尔·卡斯特罗的军帽。
我因为是犹太人，在神庙里被指控。
是的！我每想到战争时期，就是那些对神明顶礼膜拜的人
屠杀了千百万犹太人，
我以我悲哀的眼神，去回顾那过去的年代。
这不仅是我的过去，也是这个世界避免不了的过去，
人们已经讲过二十二次了，虽然这么讲很不方便。

我在等着你醒来，把我从这个星球的表面推了下去。
这是一个未经考证的星球，它有一个阴暗的内核，
周围有许多人造卫星，它也是一颗自然的行星，
当它进入你的牌局中后，它就被烧毁了。
等等……这是说谁呀？
谁的话能使我相信，说这还有点意思，
如果不是我的话……哎咿！
如果我们长时期建造起来的这一切，
能够互相配合和适应，都感到满意，
或者只是一种习惯、偶然、自私和奢求的表现，
我就不相信它……

我在一个陌生的城市里，
我在这里只是一个过路的人。

和我亲近的人谁都找不到我,
我去任何一家医院都不知道怎么走?
如果我要自杀,
对那形成我的信仰的基础的各种现象作最后的区分,
那么我遇到的将是在世纪阴暗的寂静中
响起钟声时产生的无可挽回的悲剧。

我在岸边上喊着英雄们的名字,
我拿出了凭据,证明他们的成就具有深刻的意义,
没有你我离不开写诗的笔记本,
没有笔记本我身边什么都没有。

我并不像死一样严肃,但我……
严肃得像死一样。

你知道怎么样

你知道怎么样?你知道给一群外国孩子判死刑是多么难?

我坐着一辆放在我的房顶上的小车走下来,
趁机我看了一下窗外的邻居,
他们有的人乘着黄昏时刻在放映幻灯片,
另外一些人不在,还有一些人在进行审判,
判自己的儿子来年得不到照顾。本地的报纸用很大的字写道:
在我这个地区到处都有少年犯罪。
我已是第三天没法让我的下意识明白,
晚上去想这么一件事是多么疯狂:

沃伊泰克·齐洪

就是听到行家讲世上的事，要我怎么面向未来，我就什么也不需要了。

我像冰雹一样不自觉地掉进了一条地下水道，这里我从来没有来过。

请你把我说的这些话都忘掉吧！

因为这是一桶油放在我的身上挤出来的，大概是一桶石油，但只要这些话不难听就算了。

我的痛苦经历和斯梅尔费特卡①的痛苦比算得了什么？

这位女主人公在一个全是男人的城市里度过了一生……

你知道，要给自己的孩子宣判是多么难？

我带着这个空酒瓶到你们这里来讨酒喝，
这酒无意识地美化了你们的生活，
它因为无意识，使得父亲连自己的儿子都不认得了，
这是多么深刻的道理。
是的，连酒瓶的瓶底都看不见了，
其实这个瓶底每天都在这里。
我在随心所欲的联想中做文字游戏，
我早就在这么折磨自己了，
我也不愿待在这个只有几个人的悲哀的俱乐部里。
我只是身在那里而心已经不在那里了，
俱乐部里其他的人都劝我不要再听那些电影内容的介绍，
那些商界的丑闻，那些股市行情，
还有那些亚洲也就是这个地球较差的那一半的事。

---

① 这是一个童话和动画片《蓝精灵》中的女主人公 Smerfetka，她曾经生活在一个全是男人的世界里，感到十分孤独。

波兰现代诗歌选

我们要有一个组织，在晚上当酒鬼们
把酒一瓶瓶地喝得筋疲力尽的时候出现，
来对他们进行制裁……

你知不知道，我最不愿别人把我的诗和我联系起来？

我坐了三个小时，想找到什么可笑的东西，
什么能够吸引大众的东西，
其实真正可笑的只有一件事，就是我在镜子里没有自己的影像。
我问过自己知不知道麦克风是做什么用的？

它是为了宣布
一个月前，在扎瓦达的一个房顶上，
找到了一个十三岁的女孩被强奸后死去的尸体。

你这个白痴！麦克风就是为了这个，为了这个！

我的概念

我对诗的概念都表现在对千百万听众的即兴朗诵
和在偶尔得到出版的诗集中的并不偶然的类型的诗中。
我没有自己的纲领，但是我从弟兄们那里
得到的马克思的书却常在我的手中，
我站在马克思的身旁，和他谈起了新的阶级战争。
我反对银幕上不断映现的那些事实，
可是那些事实对我说，你对自己并没有认识，你没有生活在今天。

沃伊泰克·齐洪

这是什么感觉，你去问亨德里克斯①吧！
可是教科书上说——所有伟大的人物都永远是不幸的，
这有什么奇怪呢？我对新的艺术的出现为什么要感到意外呢？
我写诗是为了医治我生活中的伤痛，
大夫说，我能抹去我的伤痛，
但我希望你能抹去我的伤痛，
而且现在正是最好的时候。
我在公园里给老年人倡导了一种慢跑锻炼的形式，
可是今天天气太冷，不适合慢跑。
因为太冷，我的思想的水汽也变成了液体，
它流进了一张漫画上的烟筒里，烟筒上还写了一些字，
说我有一些可耻的意图。
一些想法在我的脑子里回旋，
我曾想过，我要睡觉，让梦魂伴随着我，
可是我的周围实在太冷。
当我单身一人在这个寒冷的夜晚，在外面毫无目的地漫游，
她的图像并没有使我感到振奋，
可是当我在梦中见到她那张裸体像的时候，
我倒觉得无比激动了。
我们挨在一起，互相拥抱，全身就像一束阳光在闪闪发亮。
现在我用过的那些形容词都不需要了。
如果我不说话，只管敲鼓，
那么你们所有的人都会用打击乐器去敲打你们自己的心脏，
这你懂吗？

---

① 吉米·亨德里克斯（Jimi Hendrix，1942—1970），美国20世纪流行音乐的作曲家和歌手，还曾被誉为西方流行音乐史上最著名的吉他演奏家。

波兰现代诗歌选

因为我在我大量出版物中，在工厂里出的磁带上，
已经把我要说的话都说清楚了。那都是些胡说八道，
一是对我，二是对她，三是对他们说的，四要保存在我的记忆里，
但它们终会消失。我不想记住你们都互相认识，因为我不认识你们。
有一双光滑的手的蹩脚诗人们！
一个可以感触到的存在就是我的领域，
那么你们的……波兰的诗人们的网址呢？

x99[①]

他住在一间有六面墙的房子里，
他是一个自己信仰的奴隶，承认绞索已经套在他的脖子上。
他追求过梦想，想要实现梦想，
一些男人和女人的言论对他产生了很大的影响，
但这像在沙地上盖起城堡一样，只是一种梦想。
当他们遭受像浪涛式的风沙的毁灭性袭击时，
他虽想进行营救，但未能使他们幸免。
他的父母都为他的一生感到悲哀，
因为他没有实现他们的期待，
他断送了自己的未来。
我记得他的那双遭受过生活磨难的双手，
许多人都认为这是一双娇嫩的没有被损坏的手。

我总是在职业性地浪费时间，

[①] 这个题目没有具体的意思，它只是一个象征，似要引起读者或听众的注意。

我总是职业性地靠听光盘上的音乐和享受最上面那栋房子里某种美好的希望过日子，其实那栋房子连密码都没有了。

x99 就像在他脑后用线条作的记号。所有的人都是黑夜和青春的奴隶，

要摆脱青春，去寻找想要找到的那种两人的孤独。

承认创作可以使一切都变得晶莹透亮，

它将和堕落进行斗争，和自身进行斗争，

这是最后的审判。

他没有抛弃梦想，他让他的梦想吸到了新鲜空气，

他相信，有些东西是说不清楚的。

但这不是人们一定要躲避的可怕的神明，

有人听得懂他的话。

他藏在他自己脑袋里，诅咒那新的上帝所期待的救星，

诅咒那阴暗的房间和来自城里水泥地上人们的叫喊，

城市化和高音喇叭的叫喊教育了他，

但他并不把注意力吸引到自己身上。

x99 使我记起了有一辆红色的公共汽车，

在今天这一场暴风雨中驶过，

他被撞倒了，他诅咒……

他要把他装进自己的脑袋，但他不知道怎样才有一个好的状态，

对剩下的东西该怎么处理，

早晨和晚上他都离不开这些记号，

他在这夜晚灯光的照耀下失去了理智，

他要去睡觉，以为这样可以解开他的谜。

x99

他真的是这样，他只有他自己，

波兰现代诗歌选

永远在反抗。

他醒过来了没有?

韦罗尼卡·列万多芙斯卡

韦罗尼卡·列万多芙斯卡（Weronika Lewandowska，1983— ），诗人、朗诵家，曾在在华沙、柏林、杜塞尔多夫、奥格斯堡、布拉格、布尔诺、都灵、巴黎、伦敦、马德里、阿恩海姆等城市做过精彩的朗诵和说唱表演。长期与华沙视听计划合作，在该计划项目中用多种西方语言出版过多媒体诗集。

夜

夜，
被子，
还有蟋蟀，
但城里
没有蟋蟀。

空气又闷又潮湿，
我要走，汗流浃背，
要喝水，
一口，一口，又一口，
我有一绺发丝含在你的嘴里。

晚上,我们的身上裹着一床被子,
飞机和陨落的流星。

田里的麦子把我们托起,
不断地摇晃,
把我们托起。
我抱住了你,
我抓住了你。
田里的麦子把我们托起,
不断地摇晃,
把我们托起。

对那些没有尝试过,
没有用眼睛看过远处,
没有治好近视眼,
可又很轻易地把我们
送到了远处的人来说,
他们不知道什么是远处。

还是那些蟋蟀,
夜晚,夜晚,夜晚,
被子,被子,
什么都没有把我们抓住,
可所有的把我们都举了起来,
举起来,举起来,碰撞。
我有一绺发丝含在你的嘴里。

韦罗尼卡·列万多芙斯卡

时间停滞不前了,
在我的嘴里,
在长时间的吻中,
在饮料中,在我的饮料中,
在饮料中,在我的饮料中停住了。

葡萄有甜味,
半干的葡萄也很甜,
当我光着脚在路上被绊倒后,
你用一个灵巧的动作把我扶起。
甘露啊!你恢复了我的知觉,
你就像窗子里的阳光
使我恢复了神智,
可我对谁都不会
说一句话。

我们很快地跑到上面去了,
云彩就在我的身上,
我躺在地上,
躺在他身上,
躺在天上,
躺在不很远的地方。
我们虽然是两个人,
但生来就相识,
这种相识把我们连在一起。

夜晚,被子,
夜晚,蟋蟀又在瞿瞿地叫着,

波兰现代诗歌选

　　寂静。

　　这个晚上我什么也没有想，
　　我躺在被子上，我要去旅行，
　　我的灵魂已离开了躯体，
　　我要去找你。

　　夜晚，
　　夜晚，夜晚，
　　夜晚，夜晚
　　临近终点，
　　夜晚。

　　拂晓，
　　吹口哨，
　　口哨声。

　　夜晚，
　　白天敲钟，
　　白天，白天，白天，
　　白天，白天，白天，
　　白天，白天，白天，
　　白天，夜晚，
　　白天，夜晚，
　　白天，夜晚，
　　白天。

　　　　　　　　　　2006 年 8 月 4 日

韦罗尼卡·列万多芙斯卡

赞歌

好吧!

你说这句话吧!
你会变成他,
你会变成他,
会和他一样。
好吧!
你说这句话吧!
你会变成他,
你会变成他,
和他
完全一样。

你离你出来的那个地方不远,
你在一个新的环境,遇到了困难,
这是一个新的环境,又是过去的。

通过检验对世界的反应,
便可知道,
它很善于
表现出一种激动。
在几次,
几次,
几次
这样的

波兰现代诗歌选

接触、
失踪和几次
咒骂之后,
我就回来。

要考察自己。

我用指南针指路,
走了,
但我的指南针坏了,
放在口袋里,只是为了
提醒自己。

那么你,
那么你,
那么你呢?

间距是语句的分离,
你对这没有表示你的看法。
我想你是担心没有说明这种间距的意思,
可我对这不会沉默,
我也不会设置这种间距。
我要了解为什么会有这种担心,
但我自己也很担心。
如果我不说话,
那我就是一个影子,
我根本不存在,
一切都会变成苍白无力的疑问,

韦罗尼卡·列万多芙斯卡

我的嘴上也会表现出一种苦涩，
我感到很冷，因为我没有和你沟通。

冻僵了，画了一根小小的线条，
一根假颌骨上的两道皱纹，
两道痛苦的皱纹，
两道女人的力量的皱纹，
两道显示了你的疑惑的皱纹，
两道让一瞬间即刻来到的皱纹，
两道使我在什么情况下
都能扩大地盘的皱纹。

你说这句话吧！
你会变成他，
你会变成他，
和他一样。

我注意到了我最终的结论，
我们说的几乎
都是大家说过的话。

我想：
有什么出现了，
它就会消失，
它就会消失，
它就会消失，
我注意到了我最终的表白，
我脑子里想了，没有说出来。

波兰现代诗歌选

爱情的见证,
奖章,
我还要赞扬别的。

赞扬肿胀的嘴巴,
赞扬被泪水浸湿的眼睛,
赞扬厚颜无耻的男人。

赞扬到最后才为人知的
永恒的爱情。

当我知道你的想法后,
我感到轻松多了。
我向你敞开胸怀,
我自己也很明白。
我拿着一根指挥棒,
指挥着你夜晚在梦里的童话中
演奏的乐曲。
砰地一响,
啪啪的响声。

连接起来。

这条绦带我听到了它的响声,
但我看不见它。
它对我作沙沙响,
它已经解开,已经解开,

韦罗尼卡·列万多芙斯卡

但它套在我的脖子上,
也在你的脖子上,
也就是套在两个脑袋上,
套得很紧。

在这两个脑袋里
充满了热情和爱,
这不是灰色的热情和爱。
我到你那里去,
我回去,
我回去,
参加你们的流派,
和你们肩并肩。
没有标志,
没有标志但有意思。
接触烧伤了我的皮肤,
我对他们大喊大叫,
对他们,对他们,对他们
大喊大叫,
又对他们小声地说。
我用呼吸对他们说,
用他的呼吸
对所有的人说。

你说这句话吧!
你会变成他,
你会变成他,
和他一样。

波兰现代诗歌选

你说这句话吧!
你会变成他,
你会变成他,
变成他,
和他完全一样。

变成他的嘴巴,
变成他的话和钥匙,
变成他的手势和错误。

他给我,给我,给我,我,我,我,我;
还给我,还给我。

就像那个时候一样,
你已经知道
我们什么时候不在。

我们得到了最美好的幸福,一床红色的被单被烧毁,
一辆自行车在崎岖不平但很柔软的道路上颠簸。
没有放大镜的眼镜,
没有放大镜,
但它在几个小时用来仔细地观察之后,
被打破了,没用多久。

(她是那么心平气和,因为她知道,
她在等待。)

韦罗尼卡·列万多芙斯卡

我要使我的恐惧产生魔法,
不使我的害怕产生魔法。
我很谦恭,从不凌驾于别人之上,
我既不要皇冠,
也不当女皇。
我说了真话,也说了假话,
这么说很好。

我以为,这么说很好,
我以为,这么说很好,

把门打开!
邻居的白猫和黑猫!
我愿听你的喵喵叫,
因为你在说:
我爱你。

好吧,你就说说这个!
说说这个吧!

这是赞美猫的歌,
这是为了祈求的赞歌,
表示感谢的赞歌。
流畅的旋律,
用最好的方法
给我们
演奏了
动听的乐曲。

在赞歌的结尾,
用两种乐器定调之后,
使乐调更和谐。

假象

假象之后,
大街上出现了真正的骚乱,
它表面上变了样,
激动的情绪
是压制不住的
安静。

静寂

召唤——无人的空间,
我要打电话去叫马车,
可我找不到电话,
面对这种情况,我气得晕过去了。

警报,没有准备好,
我的脉搏跳得很快,
脉搏。
还有几个不能动弹
的客人
他脸色苍白,鼻子血红,
就像燃烧的沥青。

韦罗尼卡·列万多芙斯卡

掏空了的提包,
小汽车上的药包,
你知道叫什么?

一瞬间的静寂

不是一瞬间,
是整个要救治的生命。

一系列问题:
你感觉好吗?
你知道今天是哪一天?
六月四日,
预示着美好。

总是血红的颜色,
总是那么苍白,
总是这个名字:亚当,
他好像是第一个在我面前
失去了知觉、晕倒了的人。
他要死了,
给他做人工呼吸,
在他和生命告别之前,
给他做人工呼吸:

一、二、三、四、五、六、七、八、九、十。

尤莉娅·希霍维亚克

尤莉娅·希霍维亚克（Julia Szychowiak，1986— ），诗人。有诗集《寻找自己》（2007）等。

我几乎听得见

差不多黑了，在早先寒冷的地方，
到处都有手掌的温热。

我听见了幸福的声音，在一瞬间之前，
就像浮在河面上的一把椅子，即刻流逝。

在这个阳台里很自由，
上面缠着葡萄藤，还有锁住的静寂。